suhrkamp taschenbuch 3685

An einem Frühjahrsvormittag im Jahr 1945 trifft Robert Flusser mit seiner Frau Vera in einem ausrangierten Waggon (»seinem« Waggon) der Kroatischen Eisenbahn im Grazer Hauptbahnhof ein. In der Stadt Fohnsdorf im obersteirischen Aichfeld finden sie Zuflucht vor den Tragödien, die sich in den letzten Tagen des Zweiten Weltkriegs in ihrem Heimatort Racinovci ereignen. Flusser findet Arbeit, aber keine Heimat. Georg Pichler erzählt von einem betrogenen Leben, einem exemplarischen Flüchtlingsschicksal, vom Leidensweg eines Entwurzelten, über den das Schicksal gleichgültig hinweggeht, und der Tristesse eines Lebens, wie sie in der sterbenden Industrieregion Obersteiermark tief in die Gegenwart reicht, ungelöst und in dieser Deutlichkeit bisher auch unbeschrieben.

»Ein sozialgeschichtlich wertvoller Befund und ein berührendes und völlig unsentimentales Buch zugleich, ein intelligentes Werk. Man sollte es gelesen haben!«

Gerhard Zeillinger, *Die Presse*, Wien

Georg Pichler, geboren 1959 in Judenburg, lebt in Bad Vöslau bei Wien und in Graz, ist Redakteur der Zeitschrift *Bücherschau*. Buchveröffentlichungen: *Zwischen zwei Festlanden* (Prosa, 1989), *Der Pflanzenbewuchs der Sprache* (Prosa, 1991), *Weg* (1996), *Paradeis* (Erzählungen, 1999).

Georg Pichler
Alle heiligen Zeiten

Eine Erzählung

Mit einem Nachwort von
Peter Handke

Suhrkamp

Der Autor hat den Text für die Taschenbuchausgabe durchgesehen und überarbeitet.

Umschlagfoto: Vincenco Castella

suhrkamp taschenbuch 3685
Erste Auflage 2004

Druck: Nomos Verlagsgesellschaft, Baden-Baden
Printed in Germany
Umschlag nach Entwürfen von
Willy Fleckhaus und Rolf Staudt
ISBN 3-518-45685-7

1 2 3 4 5 6 – 09 08 07 06 05 04

Alle heiligen Zeiten

Glücklichsein beginnt immer
ein wenig über der Erde.
Karl Krolow

Won't you come and see me,
All Saints Day?
Van Morrison

Für meine Großeltern
Anna und Adam Wasser

I

Da liegen sie, die glücklichen Leichen, sagte der Großvater. Die Grabsteine und Holzkreuze ragten neben ihnen hoch wie schief verformte und vergrößerte Strauch- und Steingebilde. Block- und kreuzgeschnitten, mit steinernen Kindskörpern drauf, Engeln mit übergroßen Spitzflügeln und Madonnengesichtern, deren Marmortränen auch Vogeldreck sein konnte.

Die Kastanienbäume neben dem Weg quer über den Friedhof hatten sich mit den äußersten Spitzen ihrer weitgestreckten Zweige berührt, dadurch einen Säulengang bildend, der die darunter Gehenden in erhabene Stille weggesperrt hatte. Windstill und stabil war diese ganze Konstruktion auf diesem Kuppengräberfeld am Ortsrand von Racinovci gestanden, die Grabmäler wie vom Himmel herunter verstreut. Auf einer Seite konnte man die Save erkennen, die hier Slawonien von Bosnien trennt, und auf einer anderen Seite so weit in die Ebene schauen, wie es der feinmaschige Schleierdunst der Luft gerade zuließ.

Der Großvater und der Fünfjährige waren unter diesem feierlichen Alleengewölbe auf dem kleinen Friedhof von Racinovci hindurchgegangen, links und rechts gepflegte Grabstätten, dazwischen ein hinfälliger grauer Steinblock, dessen ehemals glatte Oberfläche nun porös schien und abblätterte. Auf dieser rauhen Steinfläche war in grünspanig schattierten Großbuchstaben der Name FLUSSER eingeritzt. Auf der kleinen Fläche davor wucherte Farn, und von überall her waren laute Vogelchöre zu hören, wie um zu beweisen, daß die Vögel auf dem Friedhof doch am allerschönsten singen.

Vor diesem verwitterten Grabmal war der Großvater stehengeblieben, verharrte lange stumm (er daneben) und hatte, seinen Enkel Robert irgendwann wieder bemerkend, bedeutungsvoll gesagt, er freue sich schon darauf, dort unten zu liegen, weil von dieser Stelle aus, in die er mit einem Sarg einmal eingegraben sein würde, die Welt und die Menschen bestimmt angenehm und annehmbar aussähen.

2

Robert Flusser wäre es lieber gewesen, auch da unten zu liegen, einige Meter tief in der Erde vergraben, als da zwischen den Grabsteinen stehen und den immergleichen Abläufen einer Trauerzeremonie folgen zu müssen. Wieso konnte er die Zeit, die ihm noch blieb, nicht schon hinter sich haben?

Er kannte den, der heute auf dem Friedhof bestattet wurde, seit er selbst hier in Fohnsdorf war, hatte neben ihm in einem der unzähligen Stollen, die sich wie ein unterirdisches Netz durch die Erde des Aichfelds wühlen, gearbeitet. Sah man Robert Flusser und Erwin Sams zusammen (und dazu hatte man oft Gelegenheit), wirkten sie wie Zwillingsbrüder oder Freunde, die einander bis in Nuancen ähnelten, weil ein jeder im Lauf der Zeit Gesten des anderen übernahm. Sie hatten dieselbe Statur, obwohl Flusser, der etwas Ältere, um einige Zentimeter kleiner war als Sams und dieser wiederum ein wenig schmächtiger als Flusser. Nebeneinander einhergehend waren sie oft verwechselt worden, wie enge Schulfreunde, die sich erfolgreich gegenseitig imitieren und dann (nicht nur im ersten Moment des schnellen, scheinbaren Erkennens) für den jeweils anderen gehalten werden.

Flusser konnte es sich nicht erklären, warum sie Freunde gewesen sein sollten und ab wann dies der Fall war, daß sie als eng befreundet galten. Sie waren oft gemeinsam gesehen worden, waren der Arbeit wegen viel zusammengewesen, deshalb wurden sie wohl ohne ihr Zutun für Freunde gehalten. Doch sie hatten nie etwas miteinander anfangen können, hatten kaum mehr als die anderen voneinander gewußt, wollten es auch gar nicht so genau wissen. Wenn sie während der Arbeit, auf den Arbeitswegen, im Gasthaus oder auf dem Fußballplatz (mehr Gelegenheiten hatten sich nicht geboten) miteinander ins Gespräch gekommen waren, hatten sie nichts von sich selbst preisgegeben, verstellten und belogen sie sich. In den Augen der anderen waren sie jedoch bis zuletzt Freunde gewesen. Für Flusser war es, als ob man jemanden wie Sams, diesen angeblich alten Freund, erst bei einer Gelegenheit wie der heutigen los wird, erst wenn er sicher nicht mehr atmet. Flusser beneidete Sams in seinem neuen Grab. Es war, als hätte er sein widerwilliges Spiegelbild verloren, das er als Ebenbild verleugnete, obwohl es ihm viel eher entsprach als seine eigene Vorstellung von sich selbst.

Da stehen sie dann um die Kiste, in der du liegst, herum und starren vor sich hin oder nuscheln mit den Umstehenden, den Verwandten und Bekannten. Sie sind alle unerreichbar weit entfernt und wundern sich, wie schnell man weg sein kann nach einem Schlaganfall. Flusser stellte sich vor, selbst da drin zu liegen, durch das Sargholz die Stimmen nur schwach und undeutlich hörend, sich in Sicherheit und unbeobachtet wähnend, nicht mehr teilnehmend, von allen weggeschlossen, seinen Kopf sanft auf ein Kissen gebettet im angenehm lauen Düsterschatten der intensiv nach seinen Ausdünstungen riechenden Kistenluft des Sarges.

Er stand da, mechanisch die Finger verschränkend, sie lösend, die Handflächen in einem fort aneinander reibend, und dachte daran, wie schnell sich die Leute an das Verschwinden eines bekannten Gesichtes, eines gewohnt gewesenen Anblicks gewöhnen.

Kurze Blicke über die Trauergemeinde genügten Flusser, um sich fremd unter diesen Menschen zu fühlen, die ihm vorkamen wie eine zufällige Ansammlung von Larven und Masken. Fassadenflächen, aufgebrochen lediglich vom frisch kehlkopfoperierten Pfarrer, dessen Stimme während der Predigt inbrünstig krächzte, von tief innen kommend, während seine Gesichtszüge blitzartig von Schmerzverzerrungen durchzogen wurden. Ein Mann von kleinem Wuchs, mit einem viel zu großen Kopf auf dem knabenhaften Körper, um den das Priesterkleid flatterte. Er stieß diese Totenrede gewaltsam aus sich hervor, eine weit- und abschweifende Suada, deren Zusammenhänge wahrscheinlich niemand der Anwesenden herstellen konnte.

Flusser folgte ihm fasziniert, starrte die ganze Predigt lang gebannt auf den zuerst schreienden und wild gestikulierenden und dann mit einemmal verstummten Pfarrer. Einige Sekunden war es absolut still, erst da nahm Flusser die Mutter des Toten, die die ganze Zeit neben dem Pfarrer stand, wahr, die in der sie lose umhüllenden Trauerkleidung wie geschrumpft wirkte. Nie hatte er diese ernste und traurige Frau anders als schwarz gekleidet und mit einem straff gebundenen Kopftuch über dem grauweißen Haarwust gesehen. Sams hatte bis zuletzt bei seiner verwitweten Mutter gewohnt.

Flusser dämmerte bei diesem Begräbnis wie bewußtlos vor sich hin, fixierte mit stumpfsinnigem Blick (der, wie er wußte, wie innige Teilnahme wirkte) die alte, bedauernswerte Frau, die nun auch ihren Sohn überlebt hatte. In kurzen, nur Sekundenbruchteile dauernden Abständen wurde es Flusser schwarz vor den Augen, nach plötzlichem Anhalten schwankten die schemenhaften Formen, die er wahrnahm, wie bei leichtem Seegang hin und her.

Als sie Sams in sein rechteckig ausgehobenes Erdloch hinunterließen, ruckartig in der zitternden Kiste, spürte er, wie es in der Kiste langsam kälter wurde, konnte, vermischt mit den Fleischgerüchen, zunehmend die feuchte Erde riechen, die ihn an den Geruch derselben Schlackenerde in den Stollen des Fohnsdorfer Bergwerks erinnerte.

Die Begräbniszeremonie vorzeitig verlassend, bemühte er sich nicht mehr, nach außen Trauer zu zeigen. Unsicher, langsam Schritt für Schritt setzend, ging er über die knirschenden Kieswege des Friedhofs. Einige Male mußte er, von Schwindel befallen, stehenbleiben, um sich, an einen Grabstein gelehnt, auszuruhen. Da unten, unter ihm, liegen sie, die glücklichen Leichen, die ihre Ruhe schon haben. Wir gehen über sie hinweg, *noch* gehen wir über sie hinweg, uns dabei unseres Lebens versichernd, dieser allzu kurzen Zeitspanne.

3

Fünf Nachbarn in den letzten Jahren weggestorben. Jedesmal, wenn Robert Flusser aus seiner Wohnung auf den Gang trat, erwartete er auf der Innenseite der Haustür den Partezettel eines weiteren verstorbenen Nachbarn hängen zu sehen. Und später waren die Namen, die eine Zeitlang auf den Türschildern angebracht waren, auf den Grabsteinen zu lesen. Aber auch nur so lange, wie jemand dafür zahlt, was Flusser besonders empörte. Nichts Traurigeres und Schäbigeres als die von einer Friedhofsverwaltung auf die Grabsteine geklebten Zettel, daß die Gräber »aufgelassen«, zu vergeben und zum Verkauf bestimmt seien.

Trotz seines beschwerlichen Gehens kam er dem Grab seiner Frau immer näher, das wohlgepflegt neben anderen Gräbern dastand. Ihm wäre lieber gewesen, sein Name wäre auf dem Grabstein eingeritzt und seine Frau würde jetzt dastehen, um den Zustand seines Grabes zu begutachten. Er konnte sich ihre Anwesenheit nicht mehr vorstellen, nichts mehr von ihrer Gestalt, von ihrem Auftreten, von ihrer Ausstrahlung, von ihr im Ganzen, nur noch hängengebliebene Details, ohne Zusammenhang. Ihre Augenwinkel, ihr Kinn, ihre Ohren, ihre Hände, das sah er noch genau vor sich, auch ihren Gesichtsausdruck, wenn sie geglaubt hatte, für sich zu sein, sanft, die Mundwinkel gerade, mit einem verhaltenen Lächeln. Vera war fast jedem vom ersten Augenblick an sympathisch gewesen, weil sie gutmütig, menschenfreundlich und etwas schüchtern wirkte. Auch die letzten Reste davon waren inzwischen weg. Von den Vögeln war diesmal nur wenig zu hören, ihr kurzatmiges Gekreisch und mattes Gezirpe ließen nichts von den früheren grandiosen Vogelorchesterkonzerten ahnen.

Flusser ging, vom Grab seiner Frau sich entfernend, die abbröckelnde Friedhofsmauer entlang, am danebenstehenden wuchtigen Supermarkt vorbei, über den Parkplatz davor, auf dem Kinder spielten, hinüber zum Bahnhof. Er dachte daran, noch einmal seine Runden zu drehen, wie er sein scheinbar zielloses Umhergehen nannte, das ihn verläßlich immer dorthin brachte, wo er bei sich war, wenn er nicht mehr weiterwußte.

Die herumstehenden Güterwaggons waren alle rostrot, nicht von Rost zu unterscheiden. Die Buchstaben ÖDK waren ungleichmäßig auf die rostigen Metallwände mit weißer Farbe, die teilweise bereits abblätterte, aufgemalt. In den Waggons wurde die Kohle zum Dampfkraftwerk Zeltweg transportiert (am Beginn des Jahrhunderts war eine Bahnlinie von Fohnsdorf nach Zeltweg deswegen errichtet worden).

In eine Richtung waren die Güterwaggons mit der Kohle unterwegs gewesen, in die andere die leeren, die dann wieder mit der Kohle aus den Stollen des Bergwerks in Fohnsdorf beladen wurden. Die Waggons standen nun auf unbenutzten, dahinrostenden Schienen, dazwischen wuchs kniehohes Gras, die Steine zwischen den Schienen erinnerten Flusser an die aus den Wänden in den Bergwerksstollen gerissenen Kohlenstücke. Die Waggons waren leer, die Lagergebäude und Häuser des Bahnhofs seit Jahren verlassen. Zwei alte Bahnangestellte in blauen Uniformen und schwarzen Knappenkappen kehrten am Bahnsteig mit Rutenbesen über den beuligen Bretterboden, ein gleichmäßiges, ein wenig knirschendes Wischgeräusch erzeugend. Etwa stündlich kam die Dampflokomotive mit einem einzigen Waggon aus Zeltweg, dem wenige Pendler oder Ausflügler, meist Rentner, entstiegen. Der Vertrag zwischen dem Bergwerk und dem Dampfkraftwerk war einige Jahre vor der Aufgabe des Bergwerks gekündigt worden, da die Kohle aus Fohnsdorf für die Zeltweger ÖDK zu teuer und zu minderwertig war und sie deshalb günstigere und bessere Kohle tausend Kilometer weit aus Polen importieren ließ.

Über den von den Sonnenbündelstrahlen getroffenen und markierten Flächen auf den dunklen Brettern der langsam dahinsiechenden, zerbröckelnden Gemäuer eines ehemaligen Verwaltungsgebäudes der Bahn schwebten schwerelos netzartige Staubpartikelwolken in der dick wirkenden Luft. Beim vorsichtigen Begehen der Steinstufen davor ließen zwei dunkelscheckige Katzen übermütig ihre Pfoten mit den überall verstreuten, buntblitzenden Fensterglassplitterstükken spielen.

Flusser überquerte die Bahngeleise und kam über eine Halde (einem dicht überwachsenen Schlackenstreifen neben dem Bahnhof) zum damaligen Verladeplatz für die Kohle. Ein Netz von unzähligen Gleislinien hatte damals das ganze Bergwerksgelände überzogen, das nun verlassen und leer, von Wind und Staub durchzogen, vor ihm lag (Flusser mußte an verlassene, windige Straßenzüge in Wildwestfilmen denken). Eine unebene, von wildem Dürrgestrüpp begrenzte kahle Fläche, auf der verschiedenes Gerümpel und Müll umherlag, teils vom Wind verweht, die nicht ganz überwachsenen Rostschienen im Boden waren noch deutlich zu erkennen. Er erinnerte sich an die schöne englische Dampflokomotive (Baujahr 1888), die neunzig Jahre, bis zur Schließung des Bergwerks, in Fohnsdorf tätig war, mit ihren kleinen runden Luken vorne und hinten im glänzenden Metallgehäuse. Hier hatte sie ein eigenes Bahnnetz befahren können, das von den Förderstollen zu den Kesselhäusern, vom Bahnhof kommend, an den Fördertürmen vorbei, in einer Schleife hinüber zu den Lagerhäusern führte. Dieses Gelände war das eigentliche Zentrum des Werkes und des Ortes gewesen, mit den dazugehörigen ober- und unterirdischen, sichtbaren und unsichtbaren Verbindungen.

Die Fördertürme, die Kessel, die Maschinenhäuser (ein besonders wuchtiges war um die Zwillings-Tandem-Fördermaschine gebaut worden) dominierten jede Aichfeldansicht, waren weithin unübersehbar. In Fohnsdorf war nicht die Kirche das höchste und sichtbarste Bauwerk, sondern die Fördertürme, die Schlote waren es mit den an ihnen hängenden Rauchwolken. Flusser wußte noch, wie ehrfürchtig er das erste Mal auf diesem riesigen Platz gestanden war, den Blick auf die beiden sich nach oben leicht verengenden achtzig Meter hohen Essen gerichtet, auf die phantasievoll miteinander verbundenen Kran- und Schienenanlagen und auf die beeindruckend gestalteten Fördergerüste.

Am Ufer des Teiches hockend, an dessen Stelle ein Mannschaftshaus gestanden war (gegenüber den Baracken), umgeben von Schilf und lauen Windstößen, entsann sich Flusser der unglaublichen Hitze in den

Stollen. Nach einer Fahrung (so nennen die Knappen den Ein- und Ausstieg in die Grube mittels Förderkorb) war einem, egal in welcher Sohle, wie tief auch immer man unten war, sofort der Schweiß aus allen Poren geronnen. Zusätzlich wurde ständig Kohlenstaub durch die Luft gewirbelt (wegen der Luftzufuhr, der Bewetterung, wie die Hauer sagen).

Damals war Flusser manchmal zu Fuß durch die mit Preßluftlokomotiven und Hunten befahrenen Stollen, die mit Holzbalken oder Stahlstreben abgestützt waren, gegangen, schwarze Schweißbäche ihm dabei über den Körper rinnend. In den engen Stollen (die breiteren waren an die eineinhalb Meter breit), die gerade noch genug Platz für die auf Schienen hindurchfahrenden Hunte geboten hatten, mußte er sich neben den Elektroleitungen, den Abgas- und den Wasserrohren (in den Bergwerksstollen wurde mehr Wasser herausgepumpt als Kohle gefördert) möglichst seitlich halten, aufmerksam lauschend, ob Hunte näher kamen.

Es war ein merkwürdiges Gefühl, Hunderte Meter unter der Erdoberfläche in einem schmalen Stollen dahinzugehen, ohne genau zu wissen, wo der Stollen hinführte. Die Geräusche von Hunten, Preßluftgeräten, Hämmern aus allen Richtungen waren täuschend nahe und im nächsten Moment wieder weit entfernt gewesen. Angekommen am Füllort oder beim Lift, hatte er sich stets wie wieder auferstanden gefühlt.

Flusser hatte seit langem Alpträume, in denen er in Höhlen eingeschlossen oder in enge Öffnungen eingezwängt war. Wenn er, nach vielen Kämpfen, sich damit abgefunden und schließlich aufgegeben hatte, schreckte er vor dem Ende, das unausweichlich schien, aus dem Schlaf auf. Er ließ deswegen im Schlafzimmer nachts immer das Licht brennen, um nicht im Dunkeln aufwachen zu müssen. Vera hatte es wohl verstanden, denn sie hatte nie ein Wort darüber verloren.

Er dachte an die sogenannten Lampenwärterinnen (in einem Lagerraum beim Eingang des Schachtes neben dem Förderturm), die dafür gesorgt hatten, daß die Grubenlampen für die Schicht aufgeladen waren. Er konnte sich nicht erinnern, daß einer der Bergmänner, die sich sonst gerühmt hatten, vor nichts und niemandem Angst zu haben, sich jemals bei einer dieser älteren, strengen Frauen über eine zu schlecht eingestellte Lampe (was öfters vorgekommen war) zu beschweren getraut hatten.

Beim Förderturm des Wodzicki-Schachtes stehend, besah sich Flusser die dürftigen Reste der einstmals grandiosen Bergwerksanlagen und ärgerte sich über die vollkommen sinnlose Zerstörung des Bergwerks. Der Schacht war in eine Tiefe von 1130 Metern vorgetrieben worden, und Fohnsdorf war die tiefste Glanzkohlengrube der Welt! Das damalige Gefühl der Mächtigkeit seines ersten Eindrucks vom Bergwerk war nicht mehr wiederzukriegen.

Über die Halde, wo früher die Zufahrt zum Kesselhaus gewesen war, ging er auf die kaum befahrene Judenburger Straße und schlenderte langsam an den manchmal noch immer verrußten Hausfassaden (die meisten waren neu gestrichen worden) vorbei. Bestimmt waren die neuen pastellfarbigen Hauswände (und nicht nur an diesem wolkenverhangenen Tag) freundlicher als die ewig grauschwarzpatinierten früheren Fassaden, dennoch fand Flusser die neuen Häuser viel häßlicher als die alten. Aus den Fenstern drangen verzerrte Volks- und Schlagermusikfetzen, und es roch nach Gulasch und Schnitzel. Nur kurz bildete sich Flusser ein, daß es genauso roch wie früher, wenn er vom Bergwerk nach Hause gegangen war.

Vor dem Gasthaus Siebenbäck, wo der Leichenschmaus stattfinden sollte, graute ihm vor dem Leichenschmaus, vor den Leuten und Fratzen, und er ging, am Gasthaus vorbei, bedächtig und langsam die Landstraße weiter. Er dachte (wie automatisch sich zwanghaft wiederholend), daß sich alles vollständig verändert hatte.

4

Langsam, ständig ein klein wenig schneller werdend, fuhren die Waggons dahin, nachdem sie einer nach dem andern mit einem abrupten, genau in jenem Augenblick schon gar nicht mehr erwarteten Ruck aufzuckten, um pflichtschuldig dem jeweiligen Impuls von vorne zu folgen und um, wie den eigenen Puls kontrolliert erhöhend, immer schneller zu werden, bis eine Rostschlange behend über die Landschaft glitt.

In diese eintönig-dröhnende, dahinraffende Bewegung drangen ab und zu voneinander nicht zu unterscheidende Gruß- und Zwischenrufe von Passanten auf Bahndämmen oder daneben liegenden Wiesen und von Vögeln, vorwiegend Krähen, im Vorbeifliegen oder im Herumstehen auf Zaunlatten und Geäst. Die Luft des Fahrtwinds streifte drängend entlang der Waggonwände, und das Sonnenlicht stach portionsweise durch die Gitterstreifen des Fensters in der Waggontür. Eingehüllt in die trotz aller Lichtstrahlen finstere Luft des Waggons, saß Robert Flusser da und starrte durch das längsgestreifte Fenster auf die dort manchmal wie im Flug für Sekundenbruchteile auftauchenden, aufwärts verzweigten Astspitzen, dahinter eine tatsächlich hellblaue Himmelsfarbe, die teilweise in ein rauchiges Grauweiß überging.

Die Dinge innerhalb der glattharten Holzplanken- und Metallwaggonwände wirkten wie in eine wenn auch nicht gerade perfekte Wohnzimmereinrichtung gestellt. Rundherum aufgestapelte Schachteln, die meisten penibel verschnürt, mit sorgfältigen Maschen umbunden. Aus den obenauf liegenden, offenen Schachteln ragten Gegenstände – der Fuß einer Lampe, der Zipfel einer Tasche, ein Zacken eines Kleiderbügels, der geschwungene Kopf und Nacken einer SINGER-Nähmaschine etwa – und auf einigen gleich großen Schachteln weiter im Waggoninneren lagen ein Betteinsatz und eine Matratze.

Darauf lag Vera Flusser mit dem Kind, beide umwickelt mit dem Bettzeug und einem darübergebreiteten dicken Mantel, vielleicht schlafend. Er sah ihre Körperkonturen, die sich, sacht langgezogen, lediglich um Millimeter hoben und senkten. Wie eine Katze rollte sich das Kind in die seitliche Wölbung ihres Körpers. Im Halbschlaf stillte Vera den kleinen Robert. In der gut durchlüfteten Stille glaubte er, trotz des beiläufigen Ratterns und Rauschens, die wie jäh beruhigten Herzschläge und Atemstöße der beiden zu hören.

Die Bestandteile des Ehebetts, dunkelbraune, wuchtig wirkende Holzstücke, standen in einer Ecke des Waggons aneinandergelehnt, überragt von den beiden direkt an die Wand gestellten ebenfalls dunkelbraunen Kästen und dem zweiten Betteinsatz daneben. Jahrelang waren diese Möbel in ihrer Wohnung in Racinovci gestanden. Es wäre ihr egal, hatte sie zu ihm gesagt, ob sie sie mitnähmen oder nicht, die Möbel wären nicht so wichtig, sie würden ohnedies vielleicht bald neue kaufen und könnten auch nur mit dem Allernotwendigsten wegfahren.

Robert Flusser hatte jedoch den Waggon organisiert, der im Bahnhof Racinovci auf einem Nebengleis, möglicherweise auf seine Verschrottung wartend, dahinrostete. Er war bereits seit einigen Jahren als Schlosser bei der Kroatischen Eisenbahn beschäftigt und wurde, nachdem er dem überraschten und wahrscheinlich auch überrumpelten Bahnhofsvorsteher vorgeschlagen hatte, den Waggon eigenhändig fahrbereit herzurichten, plötzlich Besitzer eines bis dahin herumstehenden Eisenbahnwaggons.

Von außen wirkte dieser, angedockt am Schwanzende der Schlange, wie jeder andere Güterwaggon, mit denselben Kreideaufschriften wie die Güterwaggons davor, die auf Ladegut für die Ostmark hinwiesen. In kantigen Blockbuchstaben waren die Wörter GRAZ, WIEN, DEUTSCHES REICH und einige Hakenkreuze auf die Waggonrostflächen gemalt.

Er war überrascht gewesen, wie schnell Vera sich auf die neue Situation einstellte, wie konsequent sie bereit war, alles Bisherige sein zu lassen, wie er auch so etwas wie Abenteuerlust und ein Einlassen auf Unerwartetes bei ihr zu sehen gemeint hatte, was wiederum seine Lust, allem hier seinen unvermeidlichen Lauf zu lassen, und bestimmt auch seine Neugier angespornt hatte. Ihr ansonsten eher sanftes, freundlich erscheinendes Gesicht hatte nun manchmal einen beinahe verhärteten Zug bekommen, verbissen-geduldig auf einen, den bestimmten Moment hin wartend.

Flusser hatte niemals konkret davon gesprochen, sozusagen mit Sack und Pack wegzugehen, alles liegen- und stehenzulassen, um irgendwo hinzugehen, Hauptsache weg. Er war erleichtert, weil sie es dann war, die diese Möglichkeit schließlich zum Vorhaben machte, indem sie ihn fragte, ob nicht auch er wegwolle, was sie ja schon seit längerem bemerkt zu haben glaubte. Nur so eine Idee sei es gewesen, die ihn jedoch nun überwiegend und stetig beschäftigte, bis er ihr eines Tages sagte, daß man das einmal als richtig Erkannte auf jeden Fall tun müsse, da es einem ansonsten leid täte. Und sie antwortete nur: ja; – im selben Augenaufschlagsaugenblick.

Bis auf eine schmale Freifläche bei der Schiebetür war der staubig-ruppige Bretterboden des länglichen Waggonquaders mit Schachteln und Kisten vollgestellt. So ging er während dieser Tagundnachtfahrt bloß die paar Schritte, die gerade möglich waren, hin und her, stand beiläufig am Fenster und blickte auf die erst noch im Sonnenlicht gleißenden, danach sonnenlichtlosen, bleich wirkenden vorüberziehenden Flächen und Hügel, die mit wie für ewig abgelegten Schmutzschneeflecken gesprenkelt waren. Darauf und daneben Bäume und Strauchgebilde, einzeln oder in Gruppen, als schwarze Anhaltspunkte im schwankend sich verändernden Panorama verteilt.

Fast beneidete er Vera um ihren Schlaf. Die ganze Fahrt lang lag sie mit dem Kind anscheinend bequem ausgestreckt auf der Matratze oder tat zumindest, als würde sie schlafen – mit öfterem raschen Kopfheben und Blinzeln zwischendurch. Flussers Überwachheit ließ die Möglichkeit, müde zu werden, gar nicht zu. Unsicher, seinen Eindrücken und Gefühlen trauen zu können, schienen ihm seine zögerlichen Wahrnehmungen und sein Denken wie von weit her: Er war nicht mehr unterwegs im Gebiet (des Ursprungs, dachte er), in dem für ihn alles anfing. Diese da draußen ausgebreiteten Gegenden waren fremd und weit entfernt.

Er wunderte sich darüber, wie selbstverständlich

leicht und derart unangestrengt alles, wie von selbst, geschah. Gegen kaum abwendbare, ihm nutzlos vorkommende Erklärungsanflüge sich stemmend, versuchte er sich von vornherein zu wappnen, indem er die Wörter »Glück« und »Wunder« verwendete, oder: »Warum gerade wir?« oder einfach: »Ich weiß eigentlich nichts mehr.« Er sagte sich, es sei alles wie immer, ein ständiges Sichwundern, was mit ihnen passierte und wie es weitergehen würde.

Immer wieder sah er in den holprig wechselnden Landschaften Panzerteile und vereinzelte Stücke von anderen Kriegsgeräten herumliegen; tote Tierkörper auf ausgefransten Wegen und deren Rändern, teils plattgedrückt, zu klebrigen Haufen gefügte Ansammlungen von Körperteilen, wie noch lebendig-durchwühlt. Er bildete sich ein, Kadavergeruch wahrzunehmen.

Unentwegt zerstörte Häuser in der sich hinwellenden Gegend, verschiedenste, irgendwann einmal von Menschen benutzte und nun offenbar nutzlose Gegenstände überall verstreut; Haus- und Mauerteile wie von einem kindischen Riesen im Spiel auseinandergerissen, zerbröselt, vom Himmel gefallen; Ziegelrumpfbauten, die aussahen wie im Bau befindlich, oder eher: wie während des Baues mit einem Mal unvorhergesehen abgebrochen; mehr oder weniger große, rußig klaffende und sichtbar oder unsichtbar rauchende Löcher in Hauswänden oder was von ihnen noch da war, wenn noch etwas stand. Alles wirkte wie durcheinandergewirbelt und verächtlich hingeworfen.

Diese ganze noch übriggebliebene Architektur stand erstarrt da draußen, schon während der Betrachtung vergangen. All diese Zusammenstellungen von Hängen und Dörfern in Umgebungen, die sie immer für ihre eigenen gehalten hatten.

Im Zustand einer beinahe geisterhaft anmutenden Gelassenheit, anstatt einer zu erwartenden Unruhe oder Verzweiflung, hatte er den Eindruck, sie seien hier unterwegs wie auf einer schon lang geplanten Reise, einem Besuch etwa, so als wäre dies alles nur folgerichtig und zu erwarten gewesen; – ein scheinbar schmerzloses Weitermachen, im Weiterfahren, im Wegfahren.

An die zurückgebliebenen Verwandten und Bekannten dachte Flusser wie an tatsächlich schon von allen guten oder bösen Geistern Verlassene, die es nicht für unmöglich hielten zu bleiben. Die Geschichten, die er hörte, die Verfolgungen von Menschen mit deutschen Namen und jener, die mit ihnen zu tun hatten. Von Lagern in Kroatien, etwa in Vinkovci, nicht weit von Racinovci, in denen Menschen eingesperrt, gefoltert, ermordet wurden. Ihm fiel die Geschichte ein, die eine weitläufige Verwandte erzählt hatte, daß in Novi Sad Menschen in der zugefrorenen Donau in Eislöchern ertränkt worden waren, von Deutschen, hatte sie gesagt, war ihr gesagt worden, denn sie hätte es ja selbst, »mit eigenen Augen«, nicht gesehen. Aber er wußte und glaubte alles, was möglich war.

Unglaublich, von dort weg zu sein, nicht mehr in jenen von aussichtslos stumpfäugigen Kriegsteilnehmern, -zusehern oder -duldern vorgegebenen Zuständen ausharren zu müssen. Es gibt, dachte Flusser, absolut kein geheimnisvoll-verborgenes Maß in Kriegszeiten wie diesen, nach dem sich dann schon alles naturgemäß großartig fügen wird; – nach all dem willfährigen Tun und Lassen, immerwährend begleitet vom unabänderlich bedrohlichen Gefühl, als würde etwas wirklich Schreckliches, Ärgeres erst passieren, als stünde eine riesenhafte Katastrophe erst noch bevor. Doch du bist weg. Auch wenn dein Schwinden bleiben wird. Und wie wenig Zeit erst vergangen war.

Am Nachmittag hörten die Waggons langsam zu stöhnen auf, es klang wie breites, sattes Gähnen, die Lokomotive stoppte quietschend irgendwo auf offener Strecke. Arbeiter luden mit Schaufeln Kohle aus einer Hütte auf die Lokomotive und in den ersten Waggon. Robert und Vera Flusser gingen mit dem Kind, das unruhiger wurde, hinaus neben die Hütte. Auf dem Bahndammpodest, seitlich mit halbmeterhohen, überraschend sattgrün leuchtenden Gräsern bewachsen, standen die sieben rostfarbenen Waggons, angehängt an die qualmend schnaufende Lokomotive. Flusser roch die intensiven Rauch- und Schwefeldüfte, vermischt mit dem Erdgeruch.

Neben den zwischen den Gleisen und den Schwellen locker gelagerten bleichgrauen Kantsteinen sprossen struppige Grasbüschel, dazwischen ragten Distelhauben heraus. Der Zaun des angrenzenden Feldes bestand lediglich aus den aus weichem Erdreich ragenden rissigen Pflöcken, sämtliche Bretter fehlten, einige Bruchränder hingen noch an den vom Wegreißen und Wegziehen gebogenen Rostnägeln. Geradeaus dahinter war eine kleine Ortschaft zu sehen, in einer Talmulde hockend, ein schief aussehender, wie angeknabberter Zwiebelturm neben wenigen Häusern, darüber bäumten sich langsam anschwellende, plusternde Rauchwolken – friedlich und still, tatsächlich fast totenstill.

Plötzlich hallten mehrmals in kurzen Abständen ohrenbetäubende Detonationen zwischen Himmel und Erde wider. Sie sahen einige schemenhafte, sich langsam bewegende Gestalten, weit entfernt, anscheinend mit Gewehren. Nichts Faßbares, nur die mit bloßen Blicken offensichtlich nicht haltbaren, im Zeitlupentempo wankenden Schattenflächen ohne deutliche Umrisse, jegliche Kontur aufgelöst, alles verschwommen, viel zu weit weg.

Der Lokomotivführer, ein gutmütig und leutselig wirkender Schnurrbartträger, der neben ihnen dieses Schauspiel beobachtete, meinte, mit merkbar angestrengt gespielter verschmitzter Gelassenheit, es seien nur noch wenige Stunden bis zur Grenze. Er schien alles spannend zu finden, war gut aufgelegt, riet ihnen nach einigen scherzhaften Bemerkungen, sie sollten in ihrem Waggon lieber kein Licht machen, und alles wäre kein Problem, sie hätten ja selbst gesehen, wie ruhig bisher alles verlaufen sei – wenn sie während der Fahrt irgendwelche Wünsche hätten, bräuchten sie nur die Notbremse zu ziehen. Flusser mochte den Lokomotivführer Lukic, den er aus Racinovci kannte, hatte mit ihm über einen gemeinsamen Bekannten von der Kroatischen Eisenbahn diese Reise besprochen und ihm dafür etwas Geld gegeben.

Entschlossen, nichts von dieser Tagundnachtfahrt zu verschlafen, hatte er in seinem Sessel schon alle Sitz- und Liegemöglichkeiten ausprobiert. Wer weiß, wenn er sich nur lang genug darauf einlassen würde, wach zu bleiben, nicht einzuschlafen, nicht zu dösen, würde er vielleicht, solcherart stur darauf sich fixierend, etwas wie eine dahinterliegende Ursache, einen möglicherweise grundlegenden Sinn, nicht nur dieser Reise, herausfinden.

Fast übergangslos, nach kaum einem Dämmerschlaf, starrte Flusser abwechselnd hinein in die Nacht im Waggonraum und in die andere Nacht draußen; – Gedanken nachhängend, Gedanken verlierend. Auftauchende vertraute Bilder und Details, sich auflösen wollend in Vorstellungsbilder. Er schweifte ab, je nachdem, sagte sich, was kann man schon voraussehen, was kann man schon wissen, schließlich würde alles neu sein, neue Bilder, neues Leben, alles anders, alles neu.

Dabei nickte er dann doch ein, zwischendurch immer wieder kurz aufwachend, mit unklaren, im Aufzucken fast gänzlich verlorenen Halbschlafbildern, die sich mit den beiläufigen, nun schon gewohnten, immer gleichen Eindrücken im dahinfahrenden Waggon vermischten. Eine ununterbrochen dahinschwebende Bilderfolge von Gegenständen und Menschen, von denen nichts mehr blieb nach dem jeweiligen Aufschrecken und dem sofortigen Gewißwerden.

An der Grenze stoppte der Zug, deutsch redende Stimmen kamen von weit her, manchmal etwas näher tretend; Flusser glaubte, auch die Stimme des Lokomotivführers Lukic dazwischen herauszuhören. Alles schien ewig zu dauern, er schaute vorsichtig, den Kopf leicht an die Waggonwand gelehnt, aus dem Waggonfenster. Das kleine Stationsgebäude war grell beleuchtet, ansonsten nur wenige Laternen in gleichmäßigen Abständen auf dem Bahnsteig verteilt, niemand zu sehen, nur die rauschend sich wiegenden Bäume neben den Gleisanlagen oder die Strommasten mit den lichtblinkenden Porzellanballen dran.

Im Schein einer Stationslaterne betrachtete er das vertraute große Bild im zentimeterdicken, dunklen Rahmen auf den genau geschichteten Schachteln an der den Kästen gegenüberliegenden Wand. Die vergrößerte Fotografie, pastellartig, weich verschwimmend in den Konturen, zeigte einen dunklen Wald, dahinter einen schwarzdunkelblauen Himmel, durchzogen, durchschnitten von weißgelben Strahlen, von einem Mond oder anderswo herkommender Helligkeit. Vorne, im Mittelpunkt des Bildes, ein wildbrausender Bach mit einer Brücke, deren Bretter brüchig, morsch, verschoben waren und teilweise überhaupt fehlten. Zwei Kinder, ein Bub und ein Mädchen, wurden von einem Engel mit hellwallendem Kleid und weit in die Höhe schwingenden Flügeln über diese gefährlich lückenhafte Brücke geleitet, in jeder Hand des Schutzengels eine Hand der Kinder.

Sicher waren es mittlerweile schon Stunden, die der Zug hier hielt, möglicherweise aber nicht einmal eine einzige, keine Ahnung, Flusser hatte jeden Zeitsinn verloren. Als dann nach einer zusätzlichen Ewigkeit ein sachtes, ihm schon völlig unwahrscheinlich erscheinendes Rucken die aufgeschichteten Schachteln traumhaft vibrieren ließ, glaubte er sie schon auf die Frau und das Kind herunterstürzen zu sehen. Wahrscheinlich hatten sie sich aber überhaupt nicht bewegt, wie alles beruhigend stabil im Waggon an seiner jeweiligen Stelle blieb, sich wiegend im wunderbar gleichmäßig-kräftigen Gleitgeräusch des Zuges.

Irgendwann später sagte Vera, er müsse müde sein und solle sich hinlegen, während sie auf dem Sessel Wache halten werde. Sein darauf einsetzendes stokkend-lauthalses Lachen, provoziert vom ihm verhaßten Wort Wache, und sein folgendes, wie wahnsinniges, nicht enden wollendes Kichern, das sie bei anderen Gelegenheiten wohl erschreckt haben würde, wirkte für sie diesmal vielleicht sogar beruhigend. Wir sind verschwunden, beschwor er sie begeistert, verschwunden, weg, wir sind abgehauen, nicht geblieben; – so als könnte er es selbst noch immer nicht glauben. Und sie wollte schon: ja sagen, lächelte ihn aber nur an.

5

Die weitere Fahrt nach der Grenze war wie ein langausschwingender traumhafter Flug gewesen, ein zielloses, langsames Dahinrinnen. Im Morgengrauen war der Zug in Graz eingefahren.

Deutlich noch erinnerte sich Robert Flusser an jenen Frühjahrsvormittag im Jahre 1945 am Hauptbahnhof in Graz. Neben den beiden einzigen nicht beschädigten Bahnsteigen arbeiteten ausgemergelte Uniformierte, deren Mäntel und Uniformen an den Schultern eingerissen waren, als die militärischen Abzeichen entfernt worden waren. Mit Schaufeln und Krampen bearbeiteten sie den von Bombentreffern zerwühlten Boden, häuften und glätteten Schotter für darauf zu verlegende Geleise, schaufelten Bombenkrater oder andere Löcher zu und schleppten zu dritt oder zu viert Holzpflöcke und rostige Schienen auf ihren Schultern. Daneben sah Flusser zwei fast unversehrte Gebäude und Mauerreste von anderen Gebäuden, von einem stand nur mehr die Mauerfassade mit Fensterlöchern, lockere Fensterbalken, angekohlte Plafondbalken ragten spitz heraus, die restlichen Teile des Gebäudes lagen in Schutthaufen dahinter.

In einer kleinen behelfsmäßigen Bretterhütte legte der Lokomotivführer Lukic dem jungen, überforderten Stationsbeamten, der sich offensichtlich nicht lange von dieser Angelegenheit aufhalten lassen wollte, die Frachtpapiere vor. Flusser erzählte (er hatte auch in Slawonien mehr deutsch als kroatisch gesprochen) von seiner angeblichen steirischen Familie und zeigt

Papiere, die, wie er richtig vermutete, nicht genau geprüft wurden und im übrigen gar nicht überprüfbar waren. Der Stationsbeamte nickte nervös zustimmend, und sie konnten den Waggon von der Schlange abkoppeln.

Mit einer Schublokomotive, die Lukic gemeinsam mit dem Stationsbeamten organisierte, wurde der Waggon in den Hof eines Eckgebäudes beim Bahnhof, ein Reparatur- und Lagergemäuer, geschoben, wo der Waggon erst einmal blieb. Mit einer kurzen Umarmung (er wollte es wohl besonders kurz und schmerzlos machen) verabschiedete sich der Lokomotivführer Lukic von Robert und Vera Flusser. Sie hatten ihn nie mehr wiedergesehen. Drei Monate waren sie in Graz geblieben. Der Waggon der Kroatischen Eisenbahn war dort im Hof des Grazer Bahnhofgebäudes zu ihrer ersten Wohnung in Österreich geworden.

Trat man aus dem Hof, in dem der Waggon stand, sah man den völlig zerstörten Bahnhofvorplatz. Vor dem halb in seinen verrußten Fundamenten und Grundmauern stehengebliebenen abgedeckten und ausgehöhlten Hauptgebäude ragte wie ein Wahrzeichen ein langer, im unteren Drittel geknickter Laternenpfahl, von dessen schiefem, wackeligem Stab lose Drähte herunterhingen, in die Staubluft. Kein unbeschädigtes Gebäude stand mehr im gesamten Umkreis des Platzes, jedem Haus fehlten erhebliche Teile, kreuz und quer lagen Mauerteile und Fassadenreste in der hügeligen Schuttlandschaft.

Robert und Vera Flusser gingen mehrmals täglich auf der Suche nach Milch oder Essen die leicht abschüssige Annenstraße hinunter, an den Fassadenlükkenlinien, die ihnen wie Kulissen für einen Film vorkamen, entlang. Manchmal hatten sie rasch etwas am Volksgarten oder am Lendplatz bekommen, meistens gingen sie aber stundenlang die ganze Gegend vom Lendplatz bis zum Griesplatz, vom Hauptplatz bis zur Schönausiedlung ab. An den Feuermauern von Gebäuden, deren Nachbarhäuser zusammengefallen waren, konnte man die Umrisse der anschließenden Dächer und Stockwerke erkennen und die direkt in das Nichts führenden Zwischentüren oder Verbindungsgänge. An den Seitenwänden hingen noch Tapeten, manchmal Bilder, oder es waren nur mehr die hellen Umrisse von Bildern zu sehen, die dort gehangen hatten. Dazwischen sah man intakte Mauerteile mit Wandregalen, die, nun weggerissen, wie unwirklich verwaist herumlagen, und plötzlich endende Wasserleitungsrohre.

Die Haufen der Teile, aus denen die ehemaligen Häuser einmal zusammengesetzt waren, lagen wie unberührt dort, wo sie zusammengesunken waren. Wuchtige Teile der Gemäuer oder der Einrichtungen lagen überall auf den Straßen zerstreut wie jahrtausendealte Überbleibsel. Nur selten wurden diese mehr oder weniger großen Trümmer an den Rand eines zweispurigen Weges gelegt, auf denen überwiegend russische (mit kyrillischen Schriftzeichen auf der Seite und der Motorhaube), später englische Militärfahrzeuge (mit der aufgemalten englischen Flagge), ab und zu auch russische Panzer, denen man ängstlich auswich, fuhren.

Robert Flusser half beim Wegräumen der Schutthaufen, fuhr mit einem alten rostigen Lastwagen (organisiert bei den englischen Besatzungssoldaten) Gemäuer und anderes Gerümpel zu Gruben in Puntigam, Feldkirchen oder Kalsdorf. Vera klopfte, den kleinen Robert stets in einer Decke dabei, wie viele andere Frauen mit Maurerhämmern Mörtel von den Ziegeln ab. Das brachte Lebensmittelmarken, Eier, Brot, Butter, Kartoffel oder Obst (manchmal auch Geld). Mit den wenigen Münzen kauften sie auf den Plätzen der Innenstadt bei Händlern mit Leiterwagen oder Kisten, auf denen Wurst, Gemüse oder Obst aufgelegt war, Lebensmittel ein; manchmal auch bei den auf den Gehsteigen oder in Hauseingängen wartenden Schwarzhändlern.

Ein Bahnhofangestellter erzählte Flusser vom Bergwerk in Fohnsdorf, daß dort Arbeiter für die Kohlengrube gesucht wurden. Verwandte dieses Bahnhofangestellten hatten in Kumpitz bei Fohnsdorf einen Bauernhof, wo sie wohnen könnten. Ohne richtige Arbeit und Wohnung wollten sie nicht in Graz bleiben und fuhren also auf der Ladefläche eines Lastwagens mit all ihren Sachen nach Kumpitz. Den Waggon der Kroatischen Eisenbahn ließen im Grazer Hauptbahnhof zurück.

6

Im Fohnsdorfer Bergwerk wurde Robert Flusser nicht als Facharbeiter eingestuft, der er war, sondern bekam weniger Lohn als diejenigen, die vergleichbare Arbeiten verrichteten. Man versuchte offensichtlich, die Tradition der Ausbeutung und Unterbezahlung von Fremdarbeitern während des Krieges (als Ersatz für die Kumpel, die in den Krieg ziehen mußten) auch bei Arbeitern weiterzuführen, die aus Osteuropa oder Jugoslawien kamen, obwohl es offiziell keine Fremdarbeiter mehr gab.

Flusser war sehr beeindruckt vom Stolz und Hochmut der meisten seiner Kollegen und anfangs auch zu eingeschüchtert, um gegen diese seinen Zorn herausfordernde und ihn demütigende Ungerechtigkeit bei der Entlohnung und der Arbeitseinteilung zu protestieren. Es half ihm nicht, daß er wegen seiner besonderen praktischen und technischen Kenntnisse bei etlichen Arbeitsvorgängen unentbehrlich war. Niemand konnte wie er beispielsweise die regelmäßig abgenutzten Knie der Gasabsaugrohre (durch die Methangas abgesaugt wurde) in den Stollen derart genau und schnell durch neue Knie ersetzen (weil nur er die Formen berechnete und sich Schablonen zurechtschnitt, was er niemandem verriet). Auch wenn sich sein Lohn mit der Zeit doch erhöhte, wurde er den Gedanken nicht los, sein ganzes Leben lang sozusagen nach Strich und Faden ausgenützt und benachteiligt worden zu sein.

Um die Fördertürme in Fohnsdorf (es war ja nur

noch einer geblieben, der wie ein Krüppel in die dunstig-graue Luft ragte) und die sie einstmals umstehenden Lager- und Betriebsgebäude sowie die Gleisanlagen breiteten sich die Ortsteile aus, die nach und nach diesen länglich-wuchernden Ort Fohnsdorf formten. Die Siedlungen und Ortsteile wurden nach den Namen der jeweiligen Schächte benannt: Anna Antoni Barbara Georgi Josefi Karl Karl-August Lorenzi Rudolf Wodzicki. Das ganze Aichfeld ist durchzogen von kilometerlangen, manchmal auch in über einem Kilometer Tiefe sich hineinschlängelnden Stollen, die sich unaufhörlich in die Erde der Fohnsdorfer Tertiärmulde wühlten. An verschiedenen Stellen des Aichfelds stürzten oder senkten sich Häuser in die Erde.

Mit den Aufzügen unter den Fördertürmen, angetrieben von hausgroßen Triebwerken, in Förderkörben, fuhren die Knappen in die Schächte untertagwärts in eine spiegelverkehrt in die Erde gebohrte, sich unförmig ausdehnende Schachtlandschaft. Bis zu einer halben Stunde war man mit dem Aufzug in Richtung Erdkugelmittelpunkt unterwegs, von Bau zu Bau, um dann mit den von Preßluftlokomotiven gezogenen Hunten die Stollen entlang zum jeweiligen Schurf zu gelangen. Von den Flözwucherungen Teile abschabend, abkratzend, wegsprengend, wurden die Kohlenstücke auf Förderbändern und den Hunten zu Füllorten transportiert, von wo sie in den Förderkörben des Aufzuges übertag gelangten. In kurzen hautengen Glatthosen bewegten sich die Bergleute in schweißtreibender Luft bei frischem und mattem Wetter am Stoß arbeitend, während sich die schwer werdende Luft am

Boden, auf der Sohle, sammelte. Dabei konnte man deutlich wahrnehmen, wie sich vom jahrtausendealten Gestein wie atmend Gase lösten, die in bauschigen Schwaden in die träge Luft strömten.

Um schneller nach oben zu kommen, meinten die anderen Bergleute, als Robert Flusser das erste Mal in die Grube fuhr, könne er ruhig im Förderkorb des Aufzuges für die Kohle (neben dem Aufzug mit den Förderkörben für Personen) mitfahren, der mit neunfacher Geschwindigkeit zur Erdoberfläche hinaufschoß. Aus dem nach der Ankunft unter dem Förderturm im langsam kürzer werdenden Pendeln sich ausschaukelnden Förderkorb, hilflos und verzweifelt an den wandwärts mit Seilen festgezurrten Hunten mit den Händen hängend und sich endlich herausschlingen könnend, war er einem Kollaps nahe und wie bewußtlos. Die wartenden Kollegen empfingen ihn mit hämischem Gerede und Gelächter. Flussers Ohren pochten, Blut sammelte sich bis zum Bersten in seinem Kopf. Das war seine so zu nennende Initiation als Neuankömmling in diesem ihrem unterirdischen Reich.

Von den Anlagen, die sich über ein Jahrhundert lang je nach Menge der geförderten Kohlen ausdehnten oder bei Abteufung eines Schachtes verrottend dahindämmerten, war nach dem endgültigen Zuschütten des letzten ausgebeuteten Schachtes fast nichts geblieben. Der Förderturm des Wodzicki-Schachtes, einige halbzerstörte Lagerhallen und ein Betriebsgebäude, in dem das jetzige Montanmuseum eingerichtet wurde. Es blieben auch die riesigen (wie begradigte, willkürlich gestutzte Hügel) aus der Ebene des

Aichfeldes aufragenden Schlackenhalden, die Schieferhaufen, deren rostfarbene Schlacke allmählich von Bäumen und Sträuchern überwachsen wurde. Und die Luft, die manchmal wie diejenige aus den längst in sich zusammengesackten und verschwundenen Schloten schmeckte. Oder die tiefen Kerben in den Gesichtern und die schwarz-rissigen Riesenhände der ehemaligen Kumpel.

Während der Schließungstätigkeiten strömten Giftgase aus den Gruben, und ein Funke hätte Fohnsdorf und große Teile des Aichfelds in die Luft jagen können. Viele hätten sich das ohnehin gewünscht, meinte man damals, denn das Fohnsdorf, das jeder kannte und auf das die Bergleute stolz waren, wurde von einem auf den anderen Tag zerstört und ausgelöscht. Man blieb hier, weil man es gewohnt war, sich hier eingerichtet und Häuser gebaut hatte. Wohin sollten sie ohne sichere Anstellung und Einkommen gehen? Viele fanden in neuangesiedelten Betrieben Arbeit, einige pendelten nach Donawitz und Kapfenberg (zu den Stahlwerken), wenige nach Köflach (zum Braunkohletagbau), wenn sie nicht überhaupt wegzogen – die Einwohnerzahl von Fohnsdorf sank seit der Schließung des Bergwerks um etwa ein Viertel, von über 11.000 auf 8.000.

Es hatte immer wieder Katastrophen, Grubenunglücke (wie es hieß) gegeben, die größte 1943 bei einer Schlagwetter-Explosion mit 102 Toten, davon 22 Ostarbeiter und 8 Franzosen. Am oberen Eck des Friedhofes gibt es bei der wuchtigen Betongräberanlage eine Gedenktafel, neben dem sowjetischen Soldatengräberfeld mit dem abgenutzten roten Stern. Alle paar

Jahre waren bei Unfällen Dutzende Kumpel bei der Arbeit in der Fohnsdorfer Grube gestorben.

Aber man grüßt sich mit: Glück auf! In den Geschäften, in den Banken, im Gemeindeamt, in den Schulen, auf den Friedhöfen, überall: Glück auf! Und wenn die Bergleute aus der Grube fuhren, leuchteten ihre Augen aus ihren schwarz verschmierten Gesichtern. Weil sie dankbar waren, wieder heil herausgekommen zu sein.

Auch Flusser war einer dieser schwarzen Bergleute gewesen, die in Gruppen oder allein unterwegs waren zwischen den Werken, den Gruben, mit den Grubenlampen (Petroleumleuchten mit Henkeln) und den Lämpchen auf den verschmierten Helmen, gerade aus der Schicht kommend oder die Schicht antretend. In den rußverschmierten Gesichtern, mit dem schwarzrinnenden Schweiß darauf, steckten die Zigaretten lässig in den Mundwinkeln, die Bärte waren kohlig schwarz und sämtliche Poren vom sich unbarmherzig in die Haut bohrenden Kohlenstaub verstopft.

Nach dem Zusperren des Bergwerks hatte Flusser, der zwangspensioniert worden war, das Schicksal vieler anderer Kollegen geteilt, die seit Jahrzehnten in der Grube gearbeitet hatten und von einem Tag auf den anderen nicht mehr gebraucht wurden. Mit 54 Jahren war er sich nutzlos und überflüssig vorgekommen, wie vorzeitig ausrangiert, auch wenn er sich um den Garten kümmern und Um- und Zubauten in der Wohnung vornehmen konnte.

Wie die anderen konnte Flusser nur hilflos und voller Wut an die sinnlose Schließung des Bergwerks im Jahre 1978 denken, dem Todesurteil für so viele. Da kann man nichts machen! Es ist halt so! Was sollen wir schon tun! So und ähnlich waren die ersten Reaktionen gewesen, wie nach einem Schock, der einen die wahren Ausmaße einer Katastrophe nicht begreifen läßt. Bald jedoch hatten sich alle aufgeregt, hatte ein jeder geschimpft, gedroht, auch wenn kaum jemand seine Drohungen wahr machen konnte, wütend über die Ungerechtigkeit, daß man gerade ihr Bergwerk zugesperrt hatte, ihre Arbeit entsorgt wurde (obwohl sogenannte Ersatzarbeitsplätze besorgt wurden), ihr Stolz geknickt wurde, sie einen Tritt in den Arsch bekamen, erzürnt darüber, daß sie als letzte davon erfahren hatten, vor vollendete Tatsachen gestellt wurden, daß beispielsweise fast sämtliche Politiker bei der Nationalratswahl ein Jahr vor dem endgültigen Zusperren am Fohnsdorfer Hauptplatz, im Bergwerk, in Schulen und Betrieben versprochen hatten, die Kohlengruben in Fohnsdorf auf gar keinem Fall zuzusperren.

Als Draufgabe waren dann noch einige tausend Tonnen Beton in die offenen Schächte hineingeschüttet worden. Bergleute mit Händen wie Schaufeln mußten umlernen für Handhabungen an elektronischen Geräten, für feinmechanische Tätigkeiten bei der Herstellung von Kleinbauteilen, Chips, Plastikformen für Haushaltsgeräte und Autos. Ersatzarbeitsplätze aus lauter Mitleid. Almosigen Scheißdreck, den die Herren dann auch noch als zukünftige Wahlpropagandamunition wiederverwerten konnten. Arbeitsplatzsicherung. Sozialprogramm. Flusser war zu alt dafür.

Was für stolze Fördertürme und Kamine waren das einmal gewesen, die sich da neben den Schlackenhalden als Zeichen unterer unendlicher Bohrungen oben in den Himmel hineingebohrt und die Gegend unnachahmlich geprägt hatten. Ach, und was war vom Stolz und der Präpotenz, dem Hochmut und dem Eigensinn der Bergleute von Fohnsdorf übriggeblieben? Zugrunde gerichtete, brutal durchbohrte Schichtarbeiterhirne, Lohnsklavenkadaver, gedemütigt und erniedrigt. Und eben ein paar Zerlemperte. Oder Quartalssäufer wie Robert Flusser, der mit den neuen Gegebenheiten ebenfalls nichts anfangen konnte.

7

Die abschüssige Landstraße hinuntergehend, kam Flusser an dem auf einem Schlackenhaufen des ehemaligen Josefi-Schachtes erbauten Fußballstadion vorbei, das den berüchtigten Rote-Erde-Platz ersetzte, der nun halb als Wiese und halb als Halde einige Meter weiter auf der gegenüberliegenden Straßenseite unbeachtet blieb. Dabei war den Fohnsdorfern, neben dem Bergwerk, immer nur ihre legendäre Fußballmannschaft heilig gewesen, die auf dem kleinen Rote-Erde-Platz ihre größten Erfolge gefeiert hatte. Die meisten Fohnsdorfer, auch wenn sie sich nicht für Fußball interessierten, kannten die Namen fast jeden Spielers des WSV Fohnsdorf, besonders die Namen der Spieler jener legendären Mannschaft des Werksportvereins Fohnsdorf, die beinahe in die Nationalliga (wie die damals höchste österreichische Fußballiga hieß) aufgestiegen war.

Die Matches damals hatten in einer Atmosphäre stattgefunden, wie sie vielleicht noch in Stierkampfarenen herrscht, man wußte, es geht nicht nur darum, daß 22 Erwachsene einem Ball nachrennen und sich wie Schulbuben freuen, wenn sie ihn haben und vielleicht sogar ins Tor schießen oder irgendwie am Torschuß beteiligt sind. Man wußte, es ging um mehr, für Fohnsdorf, die Fohnsdorfer, für alle. Was war das für eine Stimmung gewesen auf diesem berühmten Rote-Erde-Platz, der für sie ein heiliger Boden war, auf dem alle Gegner, milde gesagt, Respekt oder viel eher die Hosen voll hatten, espenlaubzitternd wie im Londoner Wembley-Stadion nichtenglische Mannschaften oder die Gegner von Rapid Wien bei den Spielen früher auf der Hütteldorfer Pfarrwiese.

Vor den Kassen, diesen schmalen Holzverschlägen, standen Hunderte Menschen, geduldig in Schlangen wartend, viele mit violetten Schals und Kappen (mit zwei weißen Streifen und dem Schriftzug WSV), allesamt euphorisiert vor lauter Vorfreude. Von den Fahnenmasten wehten violette Fahnen (ebenfalls mit zwei weißen Streifen und dem Schriftzug WSV), und aus Lautsprechern dröhnte eine sich dramatisch überschlagende Stimme die Mannschaftsaufstellungen. Bei der Nennung der Namen der Heimmannschaft wurde jeder Name von Jubelgeschrei, Bravorufen und Beifall begleitet. Im Tor: Reisner, in der Abwehr: Hollerer Fussi Kienberger Roth, Läufer: Volkar Urschinger Trampitsch, Stürmer: Bistricky Roskam Pajenk. Die rostrote Spielfläche des Schlackenplatzes war frisch gerecht und gekehrt, die reifenbreiten Linien auf dem Spielfeld waren mit einem fahrbaren Blechbehälter (einer lauten Blechkiste) sattweiß nachgekalkt worden. Die rostroten Schlackenstücke, manchmal recht große Stücke, die auch auf den Wegen um den Fußballplatz herumlagen, knirschten unter den Sohlen. Neben den Schlackenstücken lagen auch, so erinnerte sich Flusser, massenhaft Eicheln von den auch heute noch immer dort stehenden Bäumen auf dem Boden. In dem langgezogenen, niedrigen Gebäude (von jedem »Baracke« genannt) gleich neben dem Spielfeldrand waren neben den Spielerkabinen auch die Kantinen und Toiletten untergebracht. Auf dem flachen Dach standen die Zuschauer in Zweier- und Dreierreihen, in vorderster

Reihe hockten Kinder, ihre Beine lässig hinunterhängen lassend.

Robert Flusser war Zeugwart des WSV Fohnsdorf und stolz darauf. Immer für die Spieler der Mannschaft dazusein, dafür zu sorgen, daß jeder die Teile seiner Ausrüstung selbstverständlich zeitgerecht bekommt, sich zu kümmern, wenn einem etwas fehlt, ihn nicht selten auch zu motivieren und aufzustacheln. Er liebte diesen Geruch, den es nur in Männersportkabinen gibt, diese Mischung etwa aus Schweiß, Pitralon und Haarwasser, diese strengen Gerüche der Muskelsalben und die süß riechenden Massageöle. Und er sorgte gern dafür, daß alle Leibchen, Hosen und Stutzen sauber, gebügelt, geflickt und vollständig waren, die Schuhe frisch geputzt, die Schuhbänder neuwertig, die Stoppeln ordentlich reingeschraubt, die Schienbeinschützer und Kniefatschen vollzählig. Wichtig war, daß alles da war, wenn es gebraucht wurde. Daß besonders bei Auswärtsspielen im Autobus alles mitgenommen wurde, nicht das Geringste fehlte, das war seine Aufgabe, deren Wichtigkeit ihm wohlbewußt war und deren Funktionieren zum Erfolg mit beitrug.

Dieser Rote-Erde-Platz war auf einer ehemaligen Schlackenhalde Ende der zwanziger Jahren von Spielern, Funktionären und Freunden mit Krampen, Schaufeln und Scheibtruhen hergerichtet worden. Zwei ausrangierte Postwaggons ohne Räder waren die ersten Umkleidekabinen gewesen. Da am Sportplatz kein Wasseranschluß vorhanden war, hatte man sich im direkt neben dem Sportplatz vorbeifließenden Rattenbergerbach gewaschen; Trinkwasser wurde mit Eimern aus umliegenden Häusern geholt. Während der Kriegsjahre war der Platz ein Rüben- und Kartoffelacker gewesen, und 1945 wurden ausrangierte Segelfliegerbaracken als neue Umkleidekabinen von Rattenberg auf den Rote-Erde-Platz gebracht.

Auf diesem Spielfeld, diesem tatsächlich einzigartigen Schlackenplatz, fanden die großen Matches des nicht nur für Flusser gebenedeiten WSV Fohnsdorf statt. Flusser war Zuträger, aber an den Wochenenden zelebrierten, geigten, zauberten die Spieler, die ansonsten untertag Kohle aus der Erde kratzten, da unten in der Arena ihre Fußballmessen, umgeben von aufgeputschten, gedopten Zuschauermassen.

Man mußte als Zuschauer ja stets auf Draht sein, da man als Zuschauer einen nicht unbeträchtlichen Einfluß auf das Spielgeschehen auf dem kleinen Platz hatte. Man konnte mit diversen Zurufen die eigenen Spieler derart aus der Konzentration, also die gesamte eigene Mannschaft, letztlich den gesamten Ort in die große Gefahr eines gegnerischen Treffers bringen. Andererseits konnte man mit denselben Mitteln die gegnerischen Spielzüge, ihren sogenannten »Spielfluß«, derart außer Rand und Band bringen, daß man als Publikum sozusagen der logische zwölfte Mann der Heimmannschaft war. Alles war erlaubt letztlich. Der Ball mußte ins Netz, wie, war am Ende egal. Sieg ist Sieg.

Die Fohnsdorfer spielten jedoch auch schön. Man braucht sich nur zu vergegenwärtigen, wie genial Trampitsch mittels gleichsam übermenschlicher Kraft und Anstrengung sich den Ball erkämpfte, das gegnerische Mittelfeld, wie wenn es gar nicht existierte, links liegenließ, gefühlvoll zu Roskam flankte, der volley weiter zu Pajenk gaberlte, der mitten durch die an sich brutalste Verteidigerphalanx spazierte und die Kugel unhaltbar in eine der zwei Kreuzecken versenkte. Ein lauter Tausendstimmenschrei wie aus einer Kehle erschallte, nachdem es Sekunden zuvor mucksmäuschenstill gewesen war.

Pajenk und Roskam waren damals das gefürchteste Stürmerduo, beide führten in der Torschützenliste, dann der Dribblerkönig Bistricky, man dürfte eigentlich keinen auslassen aus dieser genialen Elf, der Hollerer noch, der massige, gefährliche Hollerer mit dem schärfsten Schuß aller Ligen, der die schönsten und unmöglichsten Freistoßtore erzielte. Und im Tor die Schlangenaffenlatte Reisner, der so manch verlorenen, schon längst im Netz verschwundenen Ball (mit irdischen Maßstäben gemessen) noch heraus- oder herunterklaubte. Eine Mannschaft aus lauter Ballkünstlern und -genies.

Fohnsdorf spielte damals in der Regionalliga Mitte gegen Mannschaften, deren Namen für Flusser und jeden, der damals dabei war, mythisch nachklingen, wie SVS Stickstoff Linz, Pöttinger Grieskirchen, Aluminium Ranshofen, Rosenthal, Rapid Lienz oder Alpine Donawitz. Es gab Matches im österreichischen Cup gegen Mannschaften aus der Nationalliga, beispielsweise ein besonders spannendes gegen Salzburg, das nur knapp und mit viel Pech verlorenging. Oder das Spiel gegen Rapid Wien bei der Eröffnung des neuen Stadions, das Rapid nur mit viel Glück gewann, wie auch Gerd Springer (der damalige Rapid-Trainer), mit dem Flusser nach dem Spiel in der Garderobe gesprochen hatte, zugeben mußte.

Egon Pajenk (zu Rapid Wien) und schon vorher Heinz Schilcher (zu Sturm Graz und zu Ajax Amsterdam) waren wegengagiert worden, als alles noch gut gelaufen war. Flusser dachte, beim Blick auf die gänzlich zugewachsene Halde am Bahndamm, wo einstmals die Zuschauertribünen standen, sehnsüchtig an die süßen, harten Sportgummis (die es noch immer gab, die aber nicht mehr gleich schmeckten wie damals am Fußballplatz), willkommene, süchtig machende Ergänzungen zu den Kaugummis, die ihren Geschmack schon nach einigen (vor allem je nach Spielstand) freudenvoll übermütigen oder betreten vorsichtigen Kauern verloren. Flusser hatte den zu dieser Fohnsdorfer Fußballatmosphäre gehörenden, an sich ekelhaften Uringeruch aus den sogenannten Pissoirs, die zusammengenagelte Holzbretterverschläge waren, mit unnachahmlich riechendem Imprägniermittel bestrichen, deutlich in der Nase. Auch die Bilder der zahllosen Gesichter würde er nicht vergessen, eine unüberschaubare Menge von Gesichtern von Menschen am Rote-Erde-Platz, eingefangen mit einem beiläufigen Schrägblick, eine bunte Porträtgalerie von Typen aller Art. Menschen, die sich ihr Lebtag nicht für Fußball interessiert hatten, denen Sport an sich egal gewesen war, waren in den Zuschauerreihen am Rote-Erde-Platz bei den Spielen des WSV Fohnsdorf gestanden und hatten mitunter auch wie besessen gebrüllt, wenn ein Schiedsrichter ein Foul oder ein Out gegen den WSV Fohnsdorf entschieden hatte (auch wenn der Schiedsrichter richtig entschieden hatte).

Durch die Lücken im Zaun (entstanden durch aus dem Zaun ausgerissene Zaunlatten) hatten die Ballschanis (Buben, die sich ein wenig Taschengeld verdienen wollten) die über das hohe Netz hinter dem jeweiligen Tor geschossenen Bälle vom an den Platz grenzenden Acker geholt. Während dieser Zeit war das Spiel unterbrochen gewesen, Hunderte Augenpaare waren dem Geschick oder Ungeschick des Ballschanis gefolgt, der zwischen Rüben, Vergißmeinnicht oder Ampfern den Ball aufgeklaubt und ihn mehr oder weniger geschickt aufs Feld in Richtung Schiedsrichter geworfen hatte.

Eine regelrechte Massenhysterie, die den WSV Fohnsdorf ganz nach oben gehievt hatte, war damals ausgebrochen. Die Spieler hatten alles getan, um endlich in der höchsten Spielklasse spielen zu können, nichts war ihnen geschenkt worden, sie hatten sich von ganz unten hinaufgearbeitet, sie waren nah dran gewesen, das Unglaubliche, ja Unmögliche zu schaffen.

Auf dem Spielfeld nicht zu schlagen, wurde Fohnsdorf aber außerhalb des Spielfelds betrogen. Ein ganzer Ort, alle Bewohner wurden Opfer einer Schiebung, eines infamen Betrugs. Es war das wahrscheinlich unfairste Match gewesen, das *nach* der regulären Spielzeit (von wegen: ein Spiel dauert neunzig Minuten!) entschieden wurde, *ohne* daß die Spieler des WSV Fohnsdorf eingreifen konnten.

In jenem kurzen sogenannten Höhenflug hatte der WSV Fohnsdorf in der Spielsaison 1969/1970 beinahe die Qualifikation in die höchste österreichische Fußballklasse geschafft, was nur ein nicht zu beweisender Betrug verhindern konnte. Man hatte in der Regionalliga Mitte mit zwei Punkten und sechs Toren Vorsprung geführt vor Heraklith Radenthein, die noch ein

Spiel auswärts gegen Phönix Hönigsberg nachzutragen hatten. Und dieses Nachtragsspiel (ein ausständiges Auswärtsmatch) hatte der Verfolger tatsächlich mit exakt 7:0 gewonnen, womit Heraklith Radenthein bei Punktegleichstand – mit genau einem geschossenen Tor mehr – statt Fohnsdorf aufgestiegen war. Was für ein Zufall! Was für eine Welt! Was für eine Absurdität! Die Fohnsdorfer hatten zuvor schon alle den Aufstieg gefeiert, sie hatten ja uneinholbar geführt, nach menschlichem Ermessen. Und dann diese nicht faßbare und leider auch nicht beweisbare Schiebung.

Danach waren die Fohnsdorfer in eine jahrelange Depression verfallen. Wie beim plötzlichen Zusperren des Bergwerks (nach jahrelangen Versprechungen der Politiker, es nicht zu tun) hatte sich ein ganzer Ort verkauft und betrogen gefühlt. Niemand hatte sich, hier oder dort, um ihre Anliegen, um Gerechtigkeit gekümmert. Sie hatten gegen die Schiebung von Hönigsberg protestiert, ohne Erfolg, sie hatten gegen das Zusperren des Bergwerks in Fohnsdorf, nur weil die Kohlepreise fielen und man die Arbeit ihrer Hände nicht mehr brauchte, protestiert, ohne Erfolg, sie waren nach Wien gefahren und hatten dem Bundeskanzler und dem Österreichischen Fußballbund Protestschreiben überbracht, außer schönen Worten ewige Hinhaltung, ohne Erfolg. Die stärkste Identitätsquelle nach dem Bergwerk, die Fußballmannschaft des Werksportvereins Fohnsdorf, wurde fertiggemacht, es war *die* große Demütigung der Bewohner Fohnsdorfs gewesen, bevor dann das Bergwerk auch noch endgültig zugesperrt wurde, *die* andere, noch folgenreichere Demütigung.

Für Flusser war es nun unglaublich, daß der FC

Fohnsdorf in einer Liga spielte, die Oberliga hieß und eine der untersten Ligen war (der WSV hatte sich mit dem immer mindestens eine Liga niedriger spielenden Vorwärts Fohnsdorf fusioniert). Nach dem verhinderten Aufstieg hatten die Spieler am Spielfeld immer öfter durchgedreht, hatten die lose umherschlagenden empfindlichen Nervenbahnbündel, die immer stärker alle Muskelbewegungen traktierten, nicht mehr bändigen können. Sie hatten mit Fäusten Schiedsrichter und Gegner traktiert, hatten hemmungslos gegen die Beine der gegnerischen Spieler gesenst und gehackt. Kaum ein Match ohne Raufhändel. Und auch auf den Zuschauerrängen wurde mitunter brutal zugeschlagen und mit Gegenständen aufeinander geworfen. Fohnsdorf hatte jahrelang den traurigen Rekord an roten und gelben Karten gehalten (die Zeitungen hatten von der »Gelbsucht in Fohnsdorf« geschrieben, weil in einer Saison 53 gelbe Karten an Fohnsdorfer Spieler verteilt worden waren), nicht selten hatte man gegen eine doppelt so umfangreiche Mannschaft ein Spiel zu Ende spielen müssen, weil mehrere Spieler ausgeschlossen wurden. Sie hatten sich einige Jahre im unteren Drittel der Regionalliga gehalten, dann war es steil bergab gegangen, schnurstracks Saison für Saison eine Klasse runter, Landesliga, Unterliga, Gebietsliga, dort waren sie, benommen und gefürchtet, zum Stillstand gekommen, und in der mittlerweile gegründeten Oberliga, die die Unterliga ersetzte, spielten sie jetzt unterklassige Derbys gegen Judenburg. Kein Vergleich mit den vormaligen großen Landesliga-Derbys zwischen dem WSV Fohnsdorf und dem WSV Judenburg, in denen beinhart um die Vorherrschaft im Aichfeld gekämpft wurde. Flusser konnte sich gut erinnern, daß damals oft mehr Leute auf dem Fußballplatz gewesen waren als Judenburg oder Fohnsdorf Einwohner hatten, nun waren manchmal mehr Leute auf dem Spielfeld als auf den Zuschauerrängen. Alle hatten sie das Match verloren, ein Debakel kassiert. Flusser ging schon lange nicht mehr auf den Fußballplatz.

8

Kurz nur setzte sich Flusser, nachdem er die Landstraße wieder langsam zurückspazierte, doch ins Extrazimmer beim Siebenbäck zu der versammelten Gesellschaft des Leichenschmauses. Vor sich dahindämmernd, saß er unter diesen Traueressern und Davongekommenen, sich mit der Zeit immer erbärmlicher fühlend, und dachte, er müsse unbedingt strikte Vorkehrungen treffen, damit diese Leute nicht auch zu seinem Begräbnis kommen würden. Mit einem Ruck und ohne jemanden eines Blickes oder eines Wortes zu würdigen, stand er dann vom Tisch auf und schwankte die paar Meter hinauf zum Hauptplatz. Dort setzte er sich in den Postautobus, fuhr (das erste Mal seit Jahren) in Richtung Judenburg und stieg nach einigen Stationen beim Schloß Gabelhofen in Wasendorf aus.

Das Schloß erinnerte ihn, obwohl es ihm überhaupt nicht ähnelt, an eine heruntergekommene, in seiner Jugendzeit bereits halbverschwundene Schloßruine bei Zupanja (mittlerweile wird sie ganz verschwunden sein). Sie hatte in seiner Erinnerung ähnlich verspielte Zwiebeltürmchen gehabt und war ganz hinter Baumwänden in einem Wald versteckt gewesen. Ihre abweisende, zurückweichende stolze Ausstrahlung hatte ihn sehr beeindruckt, und er war oft zu diesem Schloß gepilgert und hatte sich außerhalb jeder Zeit empfunden. Dort hatte es Tiere aus Urzeiten, phantastische Monster, unglaubliche, nicht faßbare Wesen gegeben, auch wenn sich dann herausgestellt hatte, daß es doch nur überdimensionierte Feuersalamander oder Ratten gewesen waren. Das Schloß Gabelhofen, ebenfalls wie außerhalb jeder Zeit, hockt hingegen, überhaupt nicht versteckt, gleichsam majestätisch wie eine zum Angriff bereite Kröte in der Felderlandschaft des Aichfelds.

Quer über die Felder gehend, vom Wasendorfer Weg die offene Fläche in der eigentlichen Mitte des Aichfeldes entlang, entwickelten sich vor Flusser je nach Luftdichte und je nach Körpergröße beziehungsweise Gras- und Ährenlänge und eventuell auch Wolkenhelligkeit langsam die Umrisse des Schlosses Gabelhofen mit den bauchigrunden spitzen Erkertürmen auf den Ecken der Schloßmauer und dem kleinen Zwiebelturm in der Mitte des Schlosses, mit den wie aufgeklebten schlanken, spitzköpfigen Türmen an den Ecken. Flusser schlenderte gelassen, zugleich in sich gekehrt und aufmerksam alles rings um sich beobachtend über den Feldweg und die Stoppelerde der Totenfeldacker direkt auf das Schloß Gabelhofen zu.

Von der Kurve der Asphaltstraße (der Haltestelle bei den beiden im Frühjahr heftig blühenden Kirschbäumen) direkt vor dem Schloß, war Flusser beim Anblick des ebenso tiefen wie breiten Wassergrabens, in dem nun Bäume und Sträucher neben den umherliegenden Steinen und Bierflaschen wuchsen, überzeugt, daß sich hier seit Jahrhunderten nichts verändert hatte. Auf den mit teils riesigen getrockneten Schimmelflächen gefleckten Mauern um die kleinen Fenster und schartigen Luken rankte wildwucherndes Farn- und Lianengeflecht, dazwischen sah man handgroße Einschußlöcher aus einem der vielen Kriege der letzten Jahrhunderte. Es schien, als ob es leise aus diesen Löchern in den Wänden herausrieseln würde, das

Schweigen und die Stille dadurch nicht unterbrechend. Alles so, als ob es immer bleiben könnte, wie es schon immer geblieben war. Der abbröckelnde Verputz häufte sich langsam weiter auf dem Gras vor den Mauern zu kleinen Hügeln aus Steinen, Erd- und Staubteilen, langsam anwachsend zu Schuttgebirgen.

Vom Schloß aus hielt Flusser Ausschau über die Landschaft des Aichfelds, die dieselbe war wie ehedem, obwohl sie sich änderte, etwa die Standorte der Bäume, der Sträucher, der Häuser, die immer wieder wechselten oder die Ansichten der Wegweiser und Tafeln. Alle erneuerten und verschobenen Zwischenräume wurden allmählich verkleinert oder vergrößert, und dazwischen fuhren die neuen und vergangenen Autos.

Nichts war hier wirklich. Flusser ging durch das Schloß und die Gegend, als wären es Räume und Felder seiner Träume und Erinnerungen, wie in Trance oder im Rausch (den wahrscheinlich besten Zeiten, wie er dachte).

Der Abhang hinter dem Schloß führt zur Pöls, die, mit einem meterhohen schmutziggrauweißen Watteschaum drauf (verursacht von der Papierfabrik einige Kilometer bachaufwärts), als eine an den Rändern und aus den Schaumlöchern und deren Zwischenräumen phosphoreszierend leuchtende Schlängellinie dahinfließt, die alles, was sich ihr in den Weg stellt, verätzend auslöscht. Das giftige Leuchten durch die zentimeterbreiten Ritzen zwischen den Holzbalken der Brücke über die Pöls, die glitschig war und gefährlich bei jedem Schritt schwankte, blendete Flusser, und er hörte ein leises Knarzen aus der Holzkonstruktion, gerade so, als sei auch die Brücke dermaßen von dem unter ihr durchschwimmenden Gift geschwächt, daß ein Einsturz jederzeit bevorstünde.

In der Beuge der Pöls, von der einen zur anderen Brücke, erinnerte nichts mehr an die ehemaligen Arbeitshallen der Blech- und Eisenwerke. Hier standen die Gebäude des Walzwerkes. So wurde aus der vormaligen Marien-Mühle an der Pöls (gleich schräg unterhalb des Schlosses Gabelhofen) eine großräumige Produktionshalle für das Walzwerk. Während des Zweiten Weltkriegs wurde das Werk zugesperrt, die Alpine Fohnsdorf kaufte die Gründe, um darunter Kohle abzubauen. Die Gebäude wurden fast alle niedergerissen. Übrig blieben nur ein Teil des Walzwerkes, die Zinkerei, einige Wohnhäuser und das Gebäude der Werksrestauration (das nun ebenso ein Wohnhaus war).

Flusser besah, immer noch über die Konsequenz und Rücksichtslosigkeit menschlichen Profitstrebens staunen könnend, die Reste der ehemaligen Anlagen, Überbleibsel einer kurzen industriellen Produktion. Hunderte Menschen gingen mit den Maschinen mit, als die Einrichtungen des Werks nach Liezen und Krems verlegt wurden (dort gibt es seither eine Wasendorfer Straße und einen Gabelhofer Platz). Von einem Tag auf den andern wurde dieser Teil von Wasendorf entvölkert, Hunderte Menschen umgesiedelt, weil die Firmeneigentümer wechselten, der »Standpunkt« nicht mehr »günstig« war. Jetzt ist alles überwachsen, Einfamilienhäuser mit Hollywoodschaukeln und Schrebergärten stehen auf dem ehemaligen Gelände des Walzwerks, ab und zu noch eine Ziegelmauer, mit Moos bedeckt, funktionslos mitten in einem Garten.

Auch der nach wie vor beibehaltene umständlich kurvige Verlauf der Straße durch diesen Teil Wasendorfs (um den früher dort stehenden Gebäuden auszuweichen, die nun verschwunden sind) erinnert an die gespenstischen Vorkommnisse vor vielen Jahrzehnten. Sonst ist alles verschwunden und vergessen.

Beim Gusterbauer vorbei, einem alten Gutshof mit einem Riesensilo, das Holzbrettergatter, das den Weg absperrte, verschieben müssend, ging Flusser nun am Fuß des Schieferhaufens des Karl-August-Schachtes, der zum Fohnsdorfer Bergwerk gehörte, entlang. Noch standen Teile der alten Anlagen in ihren Rostgerüsten und Bruchbudenmauern da, manchmal fiel ein Teil in sich zusammen, löste sich etwa eine Verstrebung vom Plafond und pendelte langwierig knirschend aus, brach ein Stück aus einer Mauer und landete mit einem dumpfen Laut auf oder neben anderen gebrochenen Stücken.

Es war ein trauriger Anblick, als fast zur selben Zeit der Zerstörung des Schlotes des Wodzicki-Schachtes, dieser Schlot (der ja mit dem Förderturm Herz und Lunge jedes Bergwerkskörpers ist) gesprengt wurde. Binnen weniger Sekundenbruchteile knickte das Ziegelkunstwerk des sich nach oben hin verjüngenden Rauchturms an mehreren Stellen ein und fiel langsam, unter sich eine Staubnebelwolke erzeugend, auf einer Seite wie hoffnungslos noch Halt suchend zu Boden. Ein Anblick wie in Zeitlupe. Übrig blieben Ziegel- und Mörtelhaufen. Den die Sprengung durchführenden oder bei der Sprengung zuschauenden Menschen hatte Flusser die Ratlosigkeit und Unsicherheit angemerkt, trotz der vorgegebenen Routine, sich nichts anmerken zu lassen, so zu tun, als sei es das Normalste und Sinnvollste, Arbeitsplätze und Produktionsstätten zu zerstören. Die Ziegel- und Mörtelhaufen, die letzten Überreste des einst stolzen Kamins des Bergwerks in Wasendorf, waren inzwischen verschwunden. Es war, als wäre hier nie ein Turm gestanden.

Flusser wartete am Bahnübergang in Wasendorf, die rotweißgestreiften Schranken versperrten ihm den Weg, und er erinnerte sich, daß vor einiger Zeit ein schwerhöriger Alter, der trotz heruntergelassener Schranken den Übergang querte, den herankommenden Zug nicht hörend, in unzählige Teile zerlegt wurde und erst Hunderte Meter weiter, nach der unvermeidlichen Mitschleifung unter der bremsenden Lokomotive, zum Stillstand gekommen war.

Trotz der heruntergelassenen Schranke ging Flusser über den Übergang, als wollte er den Zufall entscheiden lassen, ob es mit ihm weitergehen oder zum Stillstand kommen sollte. Wahrscheinlich hatte er sich doch vorsichtig versichert, daß kein Zug kam, was ihn nicht daran hinderte, sich dennoch todesmutig und etwas verwegen zu fühlen. Diese Bahnverbindung, auf der nun keine Kohle mehr geliefert, sondern nur ab und zu Materialzüge hin- und herfuhren, verkehrte vom Karl-August-Schacht zum Wodzicki-Schacht über die flache Ebene des Aichfelds.

Neben dem Bahndamm kam Flusser zu einem früheren Arbeitsweg, der vom Bergwerk in Fohnsdorf nach Wasendorf und dort auf einem Schotterweg (der vormaligen Bahntrasse zum aufgelassenen Bergwerk in Antoni) den Bach entlangführte. Auf dieser Strecke gingen die Bergleute, meist in Gruppen, in ihrer schwarz verschmierten Arbeitskleidung, von den Entgegenkommenden respektvoll gegrüßt. Flusser und Sams waren meist bis zum Bahnübergang in Wasendorf, nahe der Siedlung, in der Sams wohnte, gemeinsam unterwegs gewesen. In der Regel verabschiedeten sie sich bloß mit einem Blick oder dem angedeuteten Heben eines Armes, so waren sie es gewohnt.

Vor der Kreuzung schaute Flusser die steile Straße zur Auerlingsiedlung hinauf. Ein Kollege hatte diesen Baugrund da geerbt, wurde dadurch verpflichtet, diesen Erbboden zu seinem zukünftigen Wohn- und Schlafzimmerort zu machen. Jahrelang hatte er an einem Bungalow gebaut, jede freie Minute nutzend, um dann, als er fertig und mit Frau und Kindern eingezogen war, auf dem Weg zur Arbeit nach Donawitz im Auto zerquetscht zu werden. Es war von Selbstmord gemunkelt worden, wie überhaupt in der Zeit nach dem Ende des Bergwerks die Selbstmordrate in Fohnsdorf sprunghaft anstieg, besonders unter den Zwangspendlern.

Flusser erinnerte sich, daß 1945 die Frau des Lebensmittelhändlers Maier, der neben der Kreuzung sein Geschäft hatte (jetzt eine Mopedwerkstätte), erschossen wurde. Niemand wußte, warum. Es waren Russen, die 1945 für einige Monate das obere Murtal (und auch Fohnsdorf) besetzten und willkürlich beschlagnahmten, raubten und auch vergewaltigten und mordeten. Während dieser Zeit wurden alle leitenden Angestellten des Bergwerks verhaftet und in ein Sammellager nach Kobenz gebracht. Da das Bergwerk nicht demontiert und stillgelegt werden konnte, ohne es dauerhaft zu vernichten, wurde das Bergwerk von der restlichen Belegschaft in Selbstverwaltung weitergeführt. Diese heldenhafte Legende wurde im Werk wieder und wieder erzählt, mit jeweils wechselnden Ausschmückungen und mehr oder weniger dramatischen Wendungen.

Gegenüber der Trafik, noch immer in der Kreuzung, wie die von jedem so genannte Ortskennzeichnung lautete, die kleine Kapelle, halb versteckt zwischen Bäumen. Auf einer Seite mit einem übermannshohen Maschenzahn ans Gemäuer angeschlossen (direkt mit Haken in die Mauer befestigt), rankte wildwucherndes Gestrüpp das bröckelnde Gemäuer hoch, vom Dach und den Gesimsen hing Farngeschlingel, und aus dem Schrägdach sprossen Strauchstrünke in den Himmel. Die Glasscheibe hinter dem Eisengatter, vor der Flusser jetzt stand, war von einer dicken Staubschicht bedeckt. Dennoch sah er dahinter die ausgebleichten Gesichter der Madonnenfigur mit Kind und das daneben stehende Plastikgefäß mit Blumen darin. Niemals in all den vielen Jahren, die er nun hier lebte, hatte er die Gatter geöffnet gesehen, obwohl immer wieder frische Blumen darin aufgestellt wurden.

Auf dem Heimweg vom Bergwerk nach Antoni hatte Flusser an den jeweiligen Monatsenden (an den Tagen der Lohnauszahlung) oft alle Gasthäuser, eins nach dem andern, besucht. Es waren kleine Gaststuben, in denen sich fast ständig dieselben Bergleute trafen, und die letzte Station, das letzte Gasthaus auf dieser Strecke, war der Pretzenbacher, schräg gegenüber von der Kapelle.

9

Flusser stützte seine Hände auf den Ecktisch und dachte daran, daß alle, die jetzt hier beim Pretzenbacher saßen, früher im Bergwerk gearbeitet hatten und nun ihre Ersatzarbeitsplätze oder ihre Rente hatten, um die Rechnung hier im Wirtshaus bezahlen zu können. Er kam sich vor wie ein viel zu schnell Altgewordener, dessen Hauptbeschäftigung es war, seine früheren Kollegen und Trinkkumpane, einen nach dem andern, zu Grabe zu tragen, um danach auf ihr und auf sein eigenes verpfuschtes Leben anzustoßen.

Sams, den sie heute begraben hatten und mit dem er am öftesten hier gesessen war, hatte nicht viel vertragen und war meist nach nur einigen Bieren im Vollrausch gewesen. Flusser hingegen war ein geübter Trinker, vertrug viel und konnte auch dieses angenehme Wegdriften im Zustand des Betrunkenseins genießen. Nie wurde er aggressiv, sondern eher umgänglicher durch den Alkohol. Sams hingegen hatte im Rausch noch seine bereits im nüchternen Zustand schwer ertragbare Besserwisserei gesteigert und meist, da er grundsätzlich anderer Meinung gewesen war als die anderen, oft zu streiten angefangen. Flusser hatte die Samssche Rechthaberei genervt, die eine Rechthaberei aus Laune und Prinzip gewesen war, wie er herausgefunden hatte. Er war erleichtert, allein hier in der Ecke beim Pretzenbacher sitzen und in Ruhe sein Bier trinken zu können.

Sams erledigt zu wissen befriedigte ihn. Er fühlte sich zu so etwas wie Freundschaft überhaupt nicht fähig. Da fanden viele Verwechslungen statt, solche, die man, nur weil man zufällig eine längere oder kürzere Zeitspanne mit jemandem an einem Tisch gesessen war, sich unterhalten hatte, einander Sätze und Satzfetzen zugeworfen, sich vielleicht gut dabei gefühlt hatte, und plötzlich war man von jemanden, der einen überhaupt nicht interessierte, als Freund tituliert worden. Aber auch solche, bei denen man sich zwingen mußte, Distanz zu schaffen, weil einem die aufgedrängte Nähe die Luft weggenommen hatte. Sams war nun also tot, ohne daß Flusser ihn hatte umbringen müssen, was er sich öfters überlegt hatte und wahrscheinlich auch durchgeführt hätte.

10

Robert Flussers deutsche Urgroßeltern hatten sich in Slawonien angesiedelt und waren zu Kroaten geworden. Irgendwelche Merkmale und Zeichen machten sie für immer als Deutschstämmige, als Donauschwaben kenntlich. Bis sie dann im befreiten Jugoslawien nicht mehr willkommen gewesen waren und in die fremd gewordene deutschsprachige Heimat zurückkehren mußten. Flusser dachte, daß er also auch ein Bajuware war, wie die allerdeutschesten Österreicher, allerdings einer, der ab und zu wie ein Tschusch klang unter all diesen Eingeborenen (deren Eltern und Großeltern ebenso fast alle von woanders hergekommen waren).

Kaum hat man etwas buschigere Brauen oder dunklere Augen, sind das schon typische Merkmale der südländischen Rasse, ein Akzent dazu, und man ist der Mittelmeer- oder Balkantschusch oder eben ein Partisan. Alle schienen bestens ausgebildete Rassenkundler zu sein, mutmaßte Flusser, obwohl sie nie einen Schritt vor die Tür des eigenen Stalles gesetzt hatten. Sie prahlten mit Kenntnissen, es wurde geurteilt, gesprochen, Hülsen und Etikettierungen verteilt vor lauter Unsicherheit und Minderwertigkeitsgefühlen. Sie müssen andere niedermachen, um sich selber gut zu finden. Flusser fühlte sich durch sein Aussehen nicht anders als die sogenannten Einheimischen, wie die, die schon länger da waren. Aber er hatte unter den Einbildungen und dem ständig wiederholten Behaupten, daß er anders, er derjenige sei, dem sein Anderssein zwar nicht anzumerken, dem sein Anderssein aber laufend vorgehalten wird, gelitten. Er hätte ihnen aus dem Weg gehen sollen, es waren zu viele da, die ihn immer fremd bleiben lassen wollten. Das ließ sich nicht übersehen und nicht überhören, auch wenn er es übersehen und überhören wollte.

Die halbwüchsige Tochter des Fleischhauers in Dietersdorf beschimpfte einmal seine Frau: »Du Krawotin, du hast da nix verloren. Geh zurück, wo du hergekommen bist. Wir haben euch nicht gerufen.« Die Fleischhauer-Eltern hatten sich später beflissen entschuldigt, als sie Vera zufällig getroffen hatten, im Geschäft hatten sie ihre Tochter nur zum Ruhigsein ermahnt (es waren noch andere Kunden im Geschäft gewesen). Ein früherer Kollege (im Bergwerk und beim WSV Fohnsdorf) fiel ihm ein, dem er nach Jahren zufällig auf der Großen Stiege in Judenburg begegnet war und der bedauert hatte, wie schäbig und feige er sich einmal bei einem Meisterschaftsspiel in Grieskirchen verhalten hatte, als einige Grieskirchner Fans, denen Flussers Akzent aufgefallen war, Flusser gehänselt, ihn beschimpft und mit Gewalt bedroht hatten. Karner war neben ihm gesessen, hatte gebannt aufs Spielfeld gestarrt, hatte die Grieskirchner ignoriert, während Flusser sich zuerst mit Gegenreden, Schweigen hatte erwehren wollen, bis sie zu schubsen und stoßen angefangen und ihm schließlich einer die Nase gebrochen hatte. Karner hatte Flusser, der geblutet hatte und vom Matcharzt behandelt werden mußte, erst geholfen, als die Grieskirchner Schläger weggewesen waren, vorher hatte er keinen Finger gerührt, als hätte er nichts damit zu tun. Auf der Großen Stiege in

Judenburg hatte er dann geschworen, sich dafür zu schämen. Flusser war klar gewesen, daß Karner sich wieder ganz gleich verhalten würde, hatte aber nichts gesagt.

Ein anderes Mal hatte ihn der alte Wirt des Eckgasthauses am Judenburger Hauptplatz darauf aufmerksam gemacht, daß an der Stelle, an der das Fischgeschäft in der Kaserngasse in Judenburg stand, früher ein jüdischer Kaufmann sein Geschäft hatte (über dem Portal sah man noch in verwitterter Schrift »Diana« aufgemalt), nun war die Stadt judenfrei, dabei hatte er komplizenhaft geblinzelt und darüber gescherzt, wie er ihn behandeln würde in wiederkehrenden Zeiten, in welche Kategorie Flusser denn dann wohl fallen würde. Und er hatte keinen Zweifel daran gelassen: Er würde, wenn er könnte. Wie jene Herren, die ihm jetzt in den Sinn kamen, vor dem Kriegerdenkmal am Landtorberg, die regelmäßig begeistert der Helden der beiden Weltkriege gedenken und dabei lauthals »Ich hatt' einen Kameraden« grölen. Flusser konnte sich genau vorstellen, wie diese Herrschaften aus lauter Pflichtbewußtsein und Vaterlandsliebe töten. Gemeinderäte aller Parteien, hochgeachtete Bürger der Stadt, Geschäftsleute, Professoren, die Einflußreichen, niemand will es sich mit dem Kameradschaftsbund verderben, alles Ehrenmitglieder oder zumindest Förderer des Kameradschaftsbundes. Alles nach wie vor in deutscher Hand.

Viele seiner Kollegen, wenn sie auf die »damaligen Zeiten« zu sprechen kamen (und darauf kamen sie oft), auf den Nationalsozialismus, das »bessere« Deutschtum und Adolf Hitler, hatten sich im Schildern und Ausmalen von großen Taten und den klaren Verhältnissen, die nach wie vor Bestand haben könnten, überboten, »wenn der Krieg nicht verlorengegangen wäre«. Hitler war für sie eine beeindruckende Lichtgestalt gewesen, »zu genial«, »zu groß« für seine Zeit. Flusser konnte keinen großen Unterschied feststellen zwischen den nationalsozialistischen Soldaten von ehedem, den Ustascha-Milchbärten und diesen Kollegen, die ihre Nazi-Devotionaliensammlung daheim sicher liebevoll pflegten. Er wußte, daß viele von ihnen Abzeichen, Uniformen und Waffen aus dem Weltkrieg sammelten, wobei das Hakenkreuz eine besondere Faszination auf sie ausübte.

Dabei blieben die Kriegsinvaliden, die bei Veranstaltungen dieser Art wie Helden gefeiert wurden, im Alltag ausgeschlossen. Man schämte sich für sie, wie sich auch die Kinder für ihre Väter, denen ein Bein oder ein Arm fehlte, schämten. Unglaublich, dachte Flusser, dass er von einigen dieser Veteranen (wie auch von anderen, nicht nur, wenn sie unter sich gewesen waren) als Partisan beschimpft wurde. An Gedenktagen des Kameradschaftsbundes wurden die Kriegsinvaliden aber in die erste Reihe gestellt und als Kriegshelden gefeiert.

Flusser fiel ein, daß es während der Nazizeit Bemühungen gegeben hatte, den Ortsnamen Judenburg durch einen für Arier weniger provokativen Ortsnamen zu ersetzen. Besonders phantasievolle Volksfunktionäre, die gründlich die Beschaffenheiten der bewaldeten Hügel um Judenburg analysiert hatten, eine bestimmte Baumart dabei erkennend, hatten den glücklichen Einfall zu den unverdächtigen Ortsnamen

»Waldstadt« oder »Zirbenstadt«. Eine kleine Weltkriegsniederlage, die noch nicht ganz akzeptiert ist, war der Umbenennungszeremonie dazwischengekommen. Je abgelegener, je enger die Gegend, das Tal, so dachte Flusser, desto beschränkter offenbar die Bewohner.

Man wird fremd gemacht binnen weniger Sekunden, man ist nicht der Fremde von vornherein. Spaßhalber wurde Flusser von vielen Arbeitskollegen »Roberto, der Tschusch« genannt. Sams hatte einmal, »in aller Freundschaft«, den Unterschied zwischen sich und Flusser festgestellt. Er, Sams, sei Arier, hatte er gemeint, Flusser hingegen ein Tschusch, also ein »Artfremder«. Sie waren entweder zu erschöpft oder zu betrunken gewesen, um sich zu schlagen.

Er wollte nicht der Sündenbock sein, der Blitzableiter in diesem eingeschränkten Kreis, der nicht ohne Sündenböcke auskommen kann, weil – wer soll denn sonst an der eigenen Unfähigkeit und Engstirnigkeit schuld sein? Wenn beispielsweise ein Heustadl brennt, dachte Flusser, weil der Blitz eingeschlagen hat, helfen sie zusammen, die größten Feinde helfen einander, wenn auch widerwillig, weil es so Brauch ist, Tradition. Am liebsten hätten sie aber den Hof, in den der Blitz eingeschlagen hatte, den Hof des Feindes, dem sie nun verpflichtet waren zu helfen, selbst angezündet und vernichtet. Aber sie sind »Freunde«, haben sich gegenseitig vereinnahmt, sind verpflichtet, einander zu helfen.

Flusser wollte sofort weg von dieser ganzen Bagage. Er war geblieben, versumpft. Er wußte nicht, ob das Leben, das er sich einmal vorgestellt hatte, zu leben, tatsächlich möglich gewesen war. Er hätte es versuchen müssen, aber vieles war dazwischengekommen.

Er bestellte sich ein Bier und dachte daran, daß hier alle zu wissen glauben, was in den letzten Jahren im ehemaligen Jugoslawien passierte. Die schrecklichsten Ereignisse, die nun dort geschahen, konnte er sich vorstellen. Flusser hörte und las die Namen der Orte aus seiner Kindheit, der Orte der Gegend, aus der er stammte, im Fernsehen, im Radio, in den Zeitungen und gleichzeitig war ihm klar, daß hier niemand wirklich interessiert daran war, es nur weitere rasch wechselnde Kriegsschauplätze, sogenannte Krisenherde aus den Weltnachrichten für sie waren. In der Gegend seiner Vergangenheit. Ende der neunziger Jahre konnten die gleichen unfaßbaren Greuel passieren wie bereits mehr als fünfzig Jahre zuvor. Flusser redete mit keinem darüber. Er war 76 Jahre alt, viel zu müde und wollte seine Ruhe.

11

Nie würde er die Ereignisse vor ihrer Flucht aus Racinovci vergessen. All die Jahre, die er nun in Österreich war, geisterten immer wieder einzelne Geschehnisse oder Gedächtnissplitter von Erlebtem und Gesehenem in ihm. Als etwa im Frühsommer 1943 die Partisanen nach Racinovci kamen, sich Befreier nennend, und die Mitglieder der Domobrani, der Kroatischen Landwehr, vertrieben, die Gemeinderäume und die Pfarrei zerstörten, brennbare Gegenstände sammelten, Petroleum draufgossen und Feuer entzündeten. Der damalige Bürgermeister, Gemeindeobmänner und Ustaschaleute flüchteten nach Brcko, wo noch eine deutsche Wehrmachts- und Polizeibesatzung herrschte. Einige Monate später wurden die Donauschwaben, die sich als Kroaten sahen, ein nächstes Mal »befreit«, diesmal von den Kosaken, Verbündeten der Deutschen. Partisanen, die sich nicht rechtzeitig in Sicherheit bringen konnten, wurden von Ustaschaleuten, die gemeinsam mit den Kosaken kamen, verhaftet, in ein Lager bei Vinkovci gebracht. Einige wurden gleich erschossen.

Von den etwa 2000 Einwohnern von Racinovci waren ungefähr ein Viertel deutscher Herkunft. Die Partisanen behandelten diese Donauschwaben gleich wie andere Kroaten. Diejenigen jedoch, die sich »politisch betätigten oder hervortaten«, wie sie es nannten, denen Kollaboration oder dergleichen nachgewiesen oder angedichtet wurde, bekamen Schwierigkeiten. So wurde, wie Flusser noch genau weiß, der Milchhändler Schwarz (»Ich heiße Schwarz, Schwarz wie die Milch, hehe«), der täglich Milch nach Brcko führte, im von den Kroaten besetzten Gunja (einem Vorort von Brcko) von kroatischen Polizisten über die Verhältnisse im von Partisanen besetzten Gebiet ausgefragt. Der Milchhändler war betrunken, redete wirres Zeug, erzählte von den an sich freundlichen Partisanen. Eines Nachts wurde er abgeholt, gefoltert, erschossen.

Einer Ustascha-Einheit (Kroaten aus der Gegend, die freiwillig bei der Ustascha dienten), die eines Abends in Racinovci eindrang, um Hausdurchsuchungen bei Familien durchzuführen, die in Kontakt mit den Partisanen standen, hatten sich auch Offiziere der deutschen Wehrmacht (eine kroatische Legion, unter deutschem Kommando) angeschlossen. Sie fragten nach dem Haus eines deutschen Legionärs, der sich nach einer Verwundung nicht mehr bei seiner Einheit meldete (angeblich war er zu den Partisanen übergelaufen), dessen Wohnhaus und nebenliegender Stall mitten im Dorf wurde von ihnen in Brand gesteckt. Dabei verbrannten seine Frau und sein Sohn, er selbst war nicht zu Hause. Flusser half beim vergeblichen Löschen in den Morgenstunden, was erst nach Abzug der Ustascha und der Deutschen möglich war. Solche Begebenheiten geschahen, das Grauen war damals alltäglich geworden. Alle hatten Angst.

Die Partisanen drohten, alle Deutschen, alle Donauschwaben in der Gegend um Racinovci zu ermorden, falls ihre Leute und deren Helfer nicht aus dem Lager in Brcko freigelassen werden. Der Großteil der Donauschwaben brachte sich in Brcko in Sicherheit, da sie nur wenig Hoffnung hatten, daß die Gefangenen wirklich entlassen werden. Eine Abordnung von Donauschwaben verhandelte in der Kommandatur in Brcko, und tatsächlich kamen später ein paar Partisanen frei, genug, um die Drohung außer Kraft zu setzen; die Donauschwaben konnten schließlich wieder nach Racinovci zurückkehren.

Die Kosaken zogen Monate später ab, und Racinovci wurde von einer sogenannten deutschen Hilfspolizei besetzt (HiPo abgekürzt, von den Partisanen Isusovci und Gestapovci genannt), die sich aus ehemaligen Ustaschaleuten und Legionären zusammensetzte (Flusser wurde, wie viele andere, ungewollt ein Fachmann für Bezeichnungen und Abkürzungen). Den ganzen Winter über folgten Überfälle der Partisanen und Kämpfe zwischen Partisanen und den Besatzern, der Ustascha, den Deutschen und Kosaken.

Am Faschingdienstag 1944 (seither hatte der Fasching für Robert Flusser alles Heitere verloren) kamen die Partisanen, besetzten den Ort. Sie plünderten die Häuser der Donauschwaben. Ein grauenhaftes Bild, das Flusser blieb: Ein milchbärtiger Partisan versucht, einer alten Bäurin das Kopftuch zu entreißen, sein Kamerad hindert ihn daran, der erste will es ihr widerwillig lassen, stößt ihr aber beim Handgemenge unabsichtlich die Bajonettspitze in den Oberkörper. Die alte Frau blutet leicht, ihr Gesicht dabei kaum verzogen, die beiden Partisanen laufen weg, über die blutende Wunde der alten Frau werden Tücher gebunden, Stunden später ist sie tot.

Was nicht niet- und nagelfest war, wurde gestohlen, in einem Nachbarhaus der Flussers blieben lediglich die Holzgestelle der Betten, die leeren, beschädigten Kleiderschränke, nur noch Hüllen, keine Inhalte mehr, alles wie ausgehöhlt, alles wurde mitgenommen, sogar die riesigen Fässer aus den Kellern, die Tiere, alles Gespannzeug, Stricke usw.

Zwischenzeitlich wechselten die Truppen, einmal war die kroatische Hilfspolizei da, dann die Partisanen, die Ustascha, und wieder die Partisanen. Die Bevölkerung von Racinovci war jeglicher Willkür jederzeit ausgeliefert. Menschen verschwanden. Die ältere Schwester von Vera Flusser etwa wurde vor den Augen ihres Verlobten von drei angeblichen Partisanen in einem Waldstück vergewaltigt. Danach wurde sie mitgeschleppt, niemand hatte sie je wieder gesehen. Die Leiche ihres Verlobten fand man mit einem dünnen Ast gepfählt an einem Baum hängen. Ein Cousin Robert Flussers wurde, nach monatelangem Verschwundensein, schließlich im Garten eines Nachbarn gefunden, in mehrere Teile zerhackt.

All das war weiterhin die ganze Zeit in ihm, kam immer wieder, gegen seinen Willen, untilgbar, war für immer in seinem Gedächtnis geborgen. Für Flusser war alles, was er sonst noch erlebt hatte, notgedrungen getüncht, vergiftet hiermit, mehr oder weniger stark zerstört. Genausogut hätten sie auch ihn erschlagen oder zerstückeln können, dachte er oft.

Am Ende des Krieges waren die Deutschen, die Donauschwaben, im neuen Jugoslawien unerwünscht gewesen. Man hatte die Flussers Zigeuner genannt. Flusser hatte nichts gegen Zigeuner. In Slawonien hatte es viele Zigeuner gegeben, anständige Menschen, die Berufen nachgingen, ihre Familien beschützten und niemandem etwas Böses taten. Aber sie sagten, das ganze Pack, auch die Flussers, sollten in Lager kommen, auch diejenigen, die den Lagern der Deutschen und der Ustascha entkommen waren. Flusser hatte gewußt, daß sie für die neuen Jugoslawen Freiwild wären, wenn sie bleiben würden.

Im Frühjahr 1945 hatten sich Robert und Vera Flusser zur Flucht mit dem eigenen Waggon entschlossen, obwohl sie gehört hatten, daß ein Waggontransport etwa im Oktober 1944 im Bahnhof Vinkovci total ausgebrannt war, als dort ein Munitionszug auf einem Nebengeleise bombardiert worden war. Aber es war auch sonst nichts sicher gewesen damals.

Ganze Trecks waren mit vollgepackten Fuhrwerken Richtung Norden unterwegs, ins deutsche Mutterland, wie es genannt wurde. Nach manchmal wochenlanger Fahrt irgendwo einquartiert, waren sie von den Einheimischen nur widerwillig geduldet worden, waren Fremde gewesen, die zufällig deutsch gesprochen hatten (und das mit Akzent). Man war ihnen mißtrauisch begegnet, die meisten waren dennoch ihr ganzes restliches Leben dort geblieben, wie eben auch die Flussers in Fohnsdorf geblieben waren. Sie hatten ja, wie man ihnen zu verstehen gab und was sie selbst genau wußten, noch Glück gehabt, da sie nach der Zeit in Graz im Waggon und dem einen Jahr in Kumpitz auf dem Bauernhof in einer kleinen Wohnung dann eine Werkswohnung des Bergwerks in Fohnsdorf bekommen hatten.

12

Das Haus Antoni 4 glich dem Haus Antoni 2. Zwei gleiche Hausquader, erbaut um die Jahrhundertwende von der sogenannten Bruderlade des Bergwerks, dreistöckig, parallel nebeneinanderstehend. Unterschiedlich nur die Grüntöne der jeweiligen Hausanstriche. Zwischen den beiden Häusern war eine quadratische Freifläche (mit einem stumpfbogigen dicken Wasserhahn auf einer runden Betonfläche, wo die Bewohner der beiden Häuser mit Eimern Wasser holten), später wurde diese Fläche vorwiegend als Parkplatz genutzt. Im Erdgeschoß des Hauses Antoni 4, mit dem Schlafzimmerfenster zur Rückseite und dem Brunnen, befand sich die Wohnung der Flussers.

Eine Werkswohnung, sie waren erleichtert gewesen, als sie ihnen zugeteilt worden war. Eine günstige, lebenslange Wohnung mit Garten, Garage und Keller, nicht groß, zwei Zimmer, eines davon geteilt in Küche und Wohnraum. Der erste Raum wurde mittels zweier Schränke auf der einen Seite (dem Wohnraum) und einem Kasten und einer Kredenz auf der anderen Seite (mit der Küche und dem Sanitärbereich) geteilt. Später richteten sie gegenüber dem WC im Gang neben ihrer Eingangstür ein Badezimmer ein. Beim Fenster des Wohnraums stand eine Couch, daneben auf der Fensterbank ein Käfig mit einem Wellensittich, der Hansi hieß (er hatte zwei Nachfolger, die ebenfalls Hansi hießen), daneben meist ein Glaskasten, in dem Vera Schnittlauch angepflanzt hatte. Allein auf der Couch sitzend, kam Robert Flusser die Fensterbank nun ungenützt und trostlos vor. Nur das alte Radio stand noch dort und erinnerte an gemeinsam gehörte Sendungen wie »Autofahrer unterwegs« oder »Sport und Musik«, an die »Österreich-Rallye« oder eine andere Quizsendung, bei der sie im Wettstreit Fragen beantworteten und nicht selten dabei übermütig stritten.

Die filigrane Holzabdeckung der SINGER-Nähmaschine neben der Couch und dem Tisch diente als Ablage (sie stand noch immer unbenutzt dort). Vera hatte großen Wert auf Ordnung gelegt, alles mußte auch im kleinen, wie sie meinte, hübsch aussehen, es lag nie irgendein Gegenstand bloß irgendwie »nutzlos« herum, alles hatte seinen zugeteilten, unverrückbaren Platz. Den bestimmte sie, wodurch ihm die Wohnung fremd blieb, was ihm aber nicht unangenehm war. Die ganze Einrichtung, die Aufteilung der Dinge in der Wohnung, war für ihn wie eine nur wenig veränderte Wiederherstellung ihrer kleinen Eisenbahner-Wohnung in Racinovci. Die weiße Häkeldecke auf der Schlafzimmerpsyche, die selbstverständlich dort lag wie immer, schien über Jahrzehnte immer dieselbe gewesen zu sein. Genauso hatte fast alles in der Wohnung seine Stelle und Bestimmung wie für immer.

Über dem Ehebett im Schlafzimmer hing das große dunkelgerahmte Bild, das über demselben Bett in Racinovci gehangen hatte. Zwei Kinder, im Unwetter vom Engel über eine gefährliche Brücke geleitet. Das Bild begleitete sie überallhin und erinnerte an ihre Flucht, diese ihm später so unwirklich vorkommende Fahrt von Racinovci nach Graz, während der es an der Waggonwand gelehnt hatte.

Unter diesem Bild im zentimeterdicken dunklen

Rahmen stand unverändert all die Jahre das dunkelbraune, wuchtige Ehebett, ebenso dunkle, wuchtige Kästen links und rechts an den Wänden und ein ebenso dunkelbraunes und wuchtiges Bett gegenüber. Wie oft hatten sie in diesem Ehebett gelegen und geflüstert, damit sie den kleinen Robert im gegenüberliegenden Bett nicht aufweckten. Wenn Flusser rauschig heimgekommen war und Vera sich hilflos damit abgefunden hatte (nach all den Klagen) und dann meist beschwichtigend geflüstert hatte, doch wenigstens auf den Buben, auf Robert, Rücksicht zu nehmen. Stritten sie in der Küche, hatte sie die Schlafzimmertür geschlossen und öfters nachgeprüft, ob die Tür tatsächlich verschlossen war, und ihm auf kroatisch (damit der Kleine nichts verstehen konnte) seine Räusche und seine Verantwortungslosigkeit vorgeworfen, während er oft deutsch und kroatisch durcheinander geredet hatte. Nie waren sie dabei besonders laut geworden, niemals war er aggressiv oder lauthals wütend gewesen.

Hinter den Häusern Antoni 2 und Antoni 4 waren parallel zu den Häusern Holzhütten mit einem Abteil für jede Hauspartei. In ihrem Abteil war nach wie vor Brennholz gelagert, meterhoch an allen Seiten aufgeschichtet. Er wird es nicht mehr brauchen, dachte Flusser. Alles umsonst.

Hinter den Holzhütten (auf gleicher Höhe wie die Teerpappendeckelfläche der Dächer der Holzhütten) waren die Gemüse- und Obstgärten. In der Mitte, zwischen den beiden Holzbrettertreppen, die vom Brunnen in die Gärten hinaufführten, stand die Waschküche mit den gemauerten Wasserbassins und einem mit der Zeit schäbig gewordenen, ewig feucht-modrigen Holzlattenrost auf dem Betonboden. In den großen Bottichen und Kesseln, neben den verbeulten Blecheimern und Bürsten, lehnten einige altertümliche Wäscherumpeln mit Holzgriffen und abgenützten Blechwellflächen. Dampfende Laugenbäche waren mäandernd aus der Waschküche herausgelaufen, sich auf dem brüchigen Beton, den Ritzen und Fugen einen Weg suchend, um dann auf der Wiese langsam im Erdreich zu verschwinden.

Mittlerweile war die Waschküche zur Garage geworden, mit einem automatisch sich öffnenden und schließenden Garagentor.

Ging Flusser vom Haus ein paar Schritte nach rechts zu den anderen Garagen, stach ihm der wohlbekannte Geruch des teerig-sandigen, leicht welligen Pappendeckels auf dem flachen langen Garagenflachdach, vermischt mit Öl- und Benzindämpfen, in die Nase. Auch der rechteckige Garagenraum war durch und durch mit diesem ihn anziehenden und ihn an seine Kindheit erinnernden Pappendeckelgeruch durchdrungen, dazu kamen die Düfte von abgestandener Farbe und der Muff alter schmieriger Arbeitskleidung. In dieser Garage hatte er viele Nachmittage vor einem Holztisch verbracht und vor sich hin gebastelt, oder eher so getan, als hätte er gebastelt, um in Ruhe gelassen zu werden: irgendwelche Dinge für den Haushalt, die Wohnung oder den Garten, oder hatte tatsächlich etwas repariert, bedächtig langsam, im Grunde aber hatte er versucht, dort nichts zu tun, sondern hatte nur herumsitzen und die Zeit vergehen lassen wollen.

War er aus dieser Einkehr hervorgekommen, hatte

er den großen Vogelkirschbaum sehen können (den es jetzt nicht mehr gab), mit den Spatzen und Krähen darauf (der Asphalt davor war dunkel gefärbt gewesen von platt gedrückten Früchten). Hinter dem Bretterzaun mit den hinaufrankenden Gräsern war ihr Garten.

Flusser kümmerte sich schon lange um nichts mehr. Nicht um die Wohnung, nicht um die langsam verfallenden Holzhütten, nicht um die Garage, nicht um den Garten. Von ihm aus konnte das alles verkommen und verrotten, es sollte zerfallen und wuchern, wie es wollte. Und wenn alles verschimmelt und zerbröselt, in der Erde oder in der Luft verfault und verschwindet. Er kümmerte sich um gar nichts mehr. Wollte nur noch seiner Wege gehen.

13

Flusser wirkte ausgeglichen, in sich ruhend, versunken, an diesem Ecktisch im Gasthaus Pretzenbacher. Niemand war überrascht, wenn er nicht sprach, an den Geschehnissen im Gasthausraum kaum Anteil nahm, das war mit Flusser immer so. Er fühlte sich wohl beim Pretzenbacher. Keine Fragen, keine Unannehmlichkeiten. Obschon er, wenn er hereinkam, jedesmal für Augenblicke zwischen dem steinernen Rundbogen auf der Schwelle stehenblieb, um sich im Gasthausraum umzusehen. Die Anwesenheit von Sams nämlich hätte ihn davon abhalten können einzutreten. Wenn Sams dagewesen war, hatte er sich, das wußte er nur zu gut, gegen dessen sich aufdrängendes Wesen zur Wehr setzen müssen. Und Sams war endlich weg. Sonst war es hier, wie es sein sollte. Nichts störte ihn.

Flusser liebte dieses Für-sich-Sein mit den Gasthausstimmen und -geräuschen ringsum im Zigarettenqualm und Bierdunst. In seinem Alter, so wehrte er unwillkommene Annäherungen ab, sei man sich selbst genug.

Seinen Sohn, das war ihm durchaus bewußt, plagte wenigstens ab und zu das Gewissen, weil er sich nicht um den anscheinend vereinsamten Vater kümmere. Flusser war es recht, seinen Sohn, den nunmehrigen Elektrogeschäftsinhaber, nicht allzuoft zu sehen. Er wollte sein eigenes Leben leben, seinem Sohn gönnte er das gleiche, ohne diese üblichen Familiensentimentalitäten. So schön diese Zusammenkünfte mit seinem Sohn und dessen Frau (die in ihrer Passivität Vera zu ähneln schien) sein konnten, hatten sie ihn doch nur genervt.

Wie viele Mißverständnisse, öde Scheingefechte waren am Ende solcher sogenannter Familientreffen gestanden. Flusser konnte sich nicht entsinnen, jemals gestärkt oder ausgeglichen von solch einem Treffen gekommen zu sein, sondern meist war er danach für Wochen geschwächt und zerrüttet gewesen. Da ging er lieber ins Gasthaus.

Als sein Sohn noch klein gewesen war, war der von den Mitschülern und den Nachbarskindern gehänselt worden, da er nicht ganz akzentfrei Deutsch sprechen konnte, eine dunklere Hautfarbe und überdies abstehende Ohren hatte. Vera hatte Robert stets ermahnt, höflich und zuvorkommend zu sein. Als er jedoch immer wieder mit ärgeren Blessuren und verweint nach Hause gekommen war, hatte ihm Flusser den Rat gegeben, sich nicht mehr zurückzuhalten, sondern hinzuschlagen, wenn er geschlagen werde, er solle sich nichts mehr gefallen lassen, bräuchte sich nicht vor lauter Höflichkeit eine herunterhauen lassen. Innerhalb von wenigen Tage hatte sich alles geändert, der kleine Robert hatte sich gewehrt, mindestens gleich fest zurückgeschlagen, und plötzlich hatten die Gemetzel aufgehört.

Flusser hatte seinen Sohn nicht oft gesehen. Die Arbeit im Bergwerk, die Überstunden, der Schichtbetrieb hatten es nicht oft zugelassen, Zeit miteinander zu verbringen. Aber er hatte gerne hart gearbeitet, und wenn er seinen Lohn bekommen hatte (er war meist bar auf einem schäbigen Schreibtisch in der Kanzlei auf dem Bergwerksgelände ausbezahlt worden), hatte er stets gewußt, daß er jeden Groschen davon verdient hatte.

Was Flusser ärgerte, ihn seit Jahren ständig geärgert hatte, war, daß jeder zu wissen glaubte, wer er sei. Jeder glaubte, Robert Flusser zu kennen. Aber sie irren sich alle, denn Flusser wußte selbst am allerwenigsten, wer Robert Flusser war. Ganz bestimmt nicht, das wußte er mit Sicherheit, der, für den ihn seine Frau Vera gehalten hat.

Der heutige Besuch bei Veras Grabstein erinnerte ihn daran, daß sie schon seit sieben Jahren tot war. Es war ein Nachmittag gewesen, ein grauer Märztag, als Vera gestorben war, er war heimgekommen, hatte sein Gesicht gewaschen, da war sie leblos auf der Couch gelegen, so als hätte sie sich zum Schlafen hingelegt. Wie um keine Umstände zu machen, hatte sie die Wohnung noch geputzt und aufgeräumt, damit die Sargträger und die Nachbarn wenigstens die Wohnung im ordentlichen Zustand zu sehen bekamen. Flusser war überrascht gewesen, als er erfahren hatte, daß Vera ohne sein Wissen ein Grab für sich gekauft hatte. Offenbar hatte sie jahrelang dafür Geld weggelegt. Er war ihr böse gewesen, weil sie ihm das Gefühl gegeben hat, sie nicht gekannt zu haben, ein Leben lang mit einer Fremden zusammengelebt zu haben. Er war überzeugt gewesen, daß sie ihn um Jahrzehnte überleben würde.

Obwohl oder gerade weil sie sich kaum verstanden hatten, sie so verschieden gewesen waren, hatte er sich leer ohne sie gefühlt. Aber er hat auch dafür den Sinn verloren. Alles gleichgültig. Es macht keinen Unterschied. Wer schon so lange auf der Welt ist, den kann nichts so leicht überraschen, sagte er sich. An was er sich noch nicht gewöhnt hatte, war, auf ihre allgegenwärtigen Erklärungen zu allem und jedem verzichten zu müssen, ihre spitzen (aber nie boshaften) und oft traurigen Kommentare.

Robert Flusser wollte nur sein Leben leben, unverwechselbar und damit einverstanden. Wollte nicht den Vater für einen Sohn spielen, der nicht für sich sein konnte und deswegen seinen Vater nervte. Wollte nicht einen Ehemann darstellen in einer Farce, einer Partnerschaft ohne wirkliche Verbundenheit. Witwer war zu akzeptieren, weil folgenlos.

Viel zu früh war alles in seinem Leben entschieden gewesen. Viel zu früh hatten sie geheiratet gehabt, viel zu früh war ein Kind da, viel zu früh war alles festgelegt gewesen. Wahrscheinlich hatte er zu spät erkannt, was für ihn nicht gut gewesen war, erst zu spät gesehen, hier nicht mehr herauszukommen, viel zu spät bemerkt, daß auch Vera nicht glücklich werden konnte.

Sie war ihm zunehmend wie eine dieser Knospen auf den Bäumen vorgekommen, die an den Föhntagen im Jänner (die es nur alle paar Jahre gibt) allzufrüh schon knospen wollen, und dann auch schon zu knospen beginnen, aber mitten im Beginn des Knospens vom Frost, von harten Frosttagen überrascht werden. Diejenigen Knospen, die bereits ungeduldig zu stark knospen, verkommen rasch und sterben ab, diejenigen, die vorsichtig zu knospen begonnen haben, können unter Verlust ihrer Schönheit, eingeschränkt in ihren verbliebenen Möglichkeiten, sich dennoch entfalten.

Vera hatte geduldig die Möglichkeiten hingenommen, die ihr gegeben worden waren. Und dennoch war sie die geborene Meisterin der Vergeblichkeit gewesen: Nichts hatte so gelingen können, daß es nicht auch besser, und wenn schon nicht besser, so wenigstens anders, interessanter und gelungener sein konnte. So war das Tatsächliche meist nur ein schäbiger Abklatsch des angeblich Verpaßten gewesen und nicht viel wert.

Flusser hatte sich zurückgezogen, er hatte sich, trotz Familie, den Großteil seines Lebens allein gefühlt. Nicht allein gelassen, sondern unveränderbar abgeschottet für sich, was ihm schließlich ganz recht gewesen war. Selten waren Verwandte von Vera (hauptsächlich aus Deutschland) zu Besuch gekommen. Zu seinen eigenen Verwandten in Slawonien hatte er kaum Kontakt mehr, ab und zu ein Brief und Glückwünsche.

Vera habe ihn, so hatte er sich eingebildet, mit den Jahren einfach nur noch so hingenommen, wie man hier sagt. Das hatte er jämmerlich gefunden, sich unverstanden gefühlt. Und hatte auch sie nicht verstanden. Er hatte ihr vorgeworfen, allzu passiv gewesen zu sein, immer passiver geworden zu sein, alles mehr oder weniger geduldig hingenommen zu haben. Und hatte ihr im Grunde keine andere Möglichkeit gelassen. Sie hatten immer weniger miteinander anzufangen gewußt, die Folge war ein jahrelanges Nebeneinanderherleben gewesen. Sicherlich hatte Vera die Erlebnisse während der Flucht, die Dinge, die sie miterleben und mit ansehen hatte müssen, die Angst, die sie ständig dabei hatte, im Grunde nicht verkraftet. Deswegen war sie so geworden, das war ihm klar gewesen, auch wenn er es nicht akzeptieren hatte wollen. Als der kleine Robert die Schule beendet hatte und als Elektrikerlehrling aus der Wohnung ausgezogen war, hatten sich Vera und Robert Flusser noch mehr voneinander entfernt. Sie war immer katholischer geworden, war regelmäßig in die Kirche gegangen, er suchte immer häufiger die Wirtshäuser heim.

14

Warum fühlte er sich am wohlsten, wenn er allein war, abseits von allen? Flusser beobachtete, auf der Bank vor seinem Bier sitzend, die Bekannten und früheren Kollegen im Gasthaus. Genaugenommen saß er aber meist da und schaute seinem lebenden Körper zu, die Hände beidseits des Körpers entspannt liegenlassend, wollte ganz gelassen auf das Absterben jeder einzelnen Zelle seines Körpers warten. Bewegungslos verharrte er auf der Bank, stundenlang bloß mit den Lidern taktschlagend und bisweilen Luft holend, wartend, bis die Zeit kam, die schon kommen würde.

Sein Leben kam Flusser nun vor wie eine Abfolge von einander gleichenden Tagen, ein Grautag nach dem andern, und er wunderte sich, da er sich immer mehr abgewandt, sich immer weniger um andere gekümmert hatte, wie er trotzdem die Kraft gehabt hatte, weiterzumachen. Langsam war alles, was er eigentlich verhindern hatte wollen, auf eine stumpf machende Weise eingetroffen, wieder und wieder. Aber irgendwann, so tröstete er sich, wird ein mildtätiger Schlaf seine Augen und Ohren endgültig verschließen, und er sehnte sich danach.

Flusser kam sich um sein eigenes Leben betrogen vor. Wofür denn alles, wieso tut man sich das an? Kann man dem Leben nachschauen, bis dieses Leben endlich vorbei ist? Ja, man kann, war er überzeugt.

Ein verfehltes, doch das einzige, das alleinige Leben, das man sich zwar nicht ausgesucht hatte, das man aber, wie man so sagt, annehmen mußte und somit angenommen hatte. Flusser mochte frustriert erscheinen, wie leblos am Gasthaustisch sitzend, aber in dieser Stimmung war er ganz bei sich und durch nichts abgelenkt. Er wollte sich nichts mehr vormachen. Er fragte sich, ob dieses Bei-sich-Sein wirklich nur alle heiligen Zeiten gelänge, wie er mutmaßte.

Flusser wußte, daß es nicht weitergehen würde. Und er wußte, daß die Dinge bleiben, wo sie sind. Und: Man stirbt. Wird tot sein. Weiß man, ob man morgen wieder aufwacht? Man weiß ja nicht einmal, wo man ist, wenn man schläft. Verglichen mit den Toten, sind die Lebenden ein Dreck! Flusser kam sich nicht mehr sehr lebend vor. Er fragte sich, ob es nicht eigentlich unerträglich ist, zu leben – und gleichzeitig zu wissen, daß man irgendwann, meist schon bald, tot ist. Bald – nur die Zeit bis dahin braucht zu vergehen. Und sie vergeht, unwiderruflich.

Es war nicht das Bier, er war nicht betrunken, alles floß ihm durcheinander, er konnte nichts mehr halten. Und er dachte daran, daß sie bald auch seinen Körper in einer Kiste zum Fohnsdorfer Friedhof tragen und dann in die Erde hinunterlassen werden. Aber er würde nie, auch wenn er Gelegenheit dazu haben würde, nachfragen, wie das denn dann wäre, wie es denn jetzt sei, wenn man stirbt, wie es ist, wenn alles, langsam oder schnell, ALLES, plötzlich oder sich hinziehend, auf das Ende zugeht, zu ENDE ist. Er würde nicht nachfragen. Er wollte es selber herausfinden, auch wenn er es anschließend niemandem erzählen wird können und er dieses Wissen, wie es so schön und richtig heißt, ins Grab mitnehmen muß, er also nichts, ganz und gar nichts davon haben wird.

Alle werden wir einmal auf dem Friedhof liegen, vorausgesetzt, man besorgt sich ein Grab, aber es wäre Flusser auch recht gewesen, einfach in die Erde verbuddelt zu werden, um so rasch wie möglich zu verwesen. Flusser lächelte vor sich hin. Die Spatzen pfeifen es von den Grabsteinen. Man wird ihnen nicht fehlen. Das ist schon ein Trost. Alle werden dies früh genug zu verstehen haben. In der allerletzten Grube ist jeder mit sich allein.

Flusser bestellte sich noch ein Bier, indem er, ohne ein Wort zu sagen und ohne seinen Gesichtsausdruck, sein wie erstarrtes Lächeln, zu ändern, seinen rechten Zeigefinger auf sein leeres Krügel richtete.

Er sah dem Sohn des Wirts, der schon das Nachfolgen einübte, indem er jeden Handgriff und wahrscheinlich auch jede Überlegung seines Vaters nachvollzog, beim Gläsersortieren zu. Flusser sah ihm den zukünftigen Wirt, der kaum von seinen Vorgängern zu unterscheiden sein wird, schon an, nicht nur an den folgerichtig abgeschauten Gesten, sondern auch an der seinem Vorfahren vollkommen entsprechenden runden Körperform. Flusser hatte Mitleid mit ihm.

Sein Vater, der Wirt, unterhielt sich mit zwei Männern über das letzte Fußballspiel des FC Fohnsdorf, das anscheinend unglücklich verloren worden war. An der Wand hinter der Theke hing ein an den Seiten eingerissenes Poster der legendären Mannschaft des WSV Fohnsdorf, daneben einige Wimpel verschiedener Fußballvereine, und in einem kleinen Glasregal standen Pokale mit Aufschriften von Fußballsiegen und Kegelturnieren. Im Hintergrund drückte jemand

»Ob-la-di, ob-la-da« in die Jukebox. Flusser fühlte sich beinahe geborgen.

Wie wegfließend, nicht mehr aufrecht sitzen könnend, der Oberkörper zusammengesunken, geknickt, den Kopf immer wieder zur Tischplatte hingeneigt, versuchte Flusser dennoch Haltung zu bewahren. Aber er spürte, er war zu schwach, konnte seinen Körper nicht mehr kontrollieren.

Sein Kopf lag seitlich in seine linke Handinnenfläche geschmiegt auf der Tischplatte, und Flusser versuchte ihn zu heben, was ihm nach einigen erfolglosen Versuchen auch wie mit allerletzter Kraft doch noch gelang. Sein Blick ging geradeaus quer durch den Gasthausraum hindurch, konnte aber nichts mehr erkennen, alles verschwamm, sich ständig willkürlich verändernd.

15

Als die Mutter damals vor etwa siebzig Jahren beim Begräbnis des Großvaters in Racinovci dem kleinen Robert gesagt hatte, der Großvater fliege nach dem Eingraben des Sarges in den Himmel, hatte er aufmerksam gen Himmel geschaut und vorwurfsvoll zu ihr gesagt, er könne ihn nicht in den Himmel fliegen sehen. Vielleicht müsse er aber bloß länger warten, und so habe er nicht eher gehen wollen, bis er ihn tatsächlich in den Himmel fliegen sehe. Und er hatte überlegt, ob der Großvater mit oder ohne Sarg in den Himmel flöge, und wenn ohne Sarg, wie denn das gehe. Er bekäme es bestimmt heraus. Aber dann hatte ihn die Mutter zum Gehen gezwungen. Er hatte es ihr lange nicht verzeihen können.

Flusser dachte an die schöne Vision, alles wieder von vorne beginnen zu lassen. Auf dem sachten Hügel des Friedhofes von Racinovci zu wandern, an der Hand des Großvaters, die ockerfarbenen Wege entlang. Das Grün und Welkbraungelb der Sträucher von damals. Der bittere Geschmack der abgeschabten Haselnußsträucher beim Lecken der pickigen Finger und das helle Blauleuchten über den Baumhügeln Richtung Bosnien. All die Fertigkeiten und Larven abstreifen und wieder in eine dreckige Lache, mit den damaligen Wolken darin, schauen und wellenplatschende Tritte hinein, das Wasser auf die Hosenbeine spritzen lassend, die gegerbt wirkende Gesichtshaut des Großvaters, das unbeschwerte Laufen über die Stoppelfelder – Robert Flusser schlug hart mit dem Kopf auf die

Holzplatte des Tisches, sein wie gewaltsam zur Seite geneigtes Gesicht lächelte weiter. Der Wirt und sein Sohn vermuteten, Flusser sei zu rauschig, um seinen Kopf noch aufrecht halten zu können, er döse lediglich dahin oder schlafe, bevor er, wie üblich, als einer der letzten das Gasthaus verließe. Robert Flusser war, den Kopf seitlich auf der Holzplatte, unverändert über den Gasthaustisch gebeugt dagelegen, als zur Sperrstunde festgestellt wurde, daß er tot war.

Du bist vergangen, gingst hin
Jäh, jetzt
Oder vor tausend Jahren
Dein Schwinden aber bleibt.

Gunnar Ekelöf

Nachwort

Peter Handke
Mißglückte Heimat

Vor ein paar Jahren habe ich ein Buch gelesen, das mir dann nachgegangen ist und heute immer noch nachgeht. Nicht wenig anderes habe ich in der Zwischenzeit gelesen. Aber sehr wenig geht mir so nach, so stark, so bewegend, so still, so fordernd. Mir ist, als sei das meiste sonstige nur dem Anschein nach ein Buch gewesen, ein »Buch« allein von außen. Und mir ist, als habe es darin rein gar nichts zum Lesen gegeben. Von jenem einen Buch dagegen ist mir, schon sinnlich, das Ding, der Gegenstand, die Räumlichkeit, die Zeitlichkeit »Buch« im Gedächtnis geblieben, samt Gewicht, Geruch und Tönung der Seiten, Um- und Zurückblättern, Zurückgehen vom Ende zum Anfang, Wind zwischen den Seiten, und vor allem Innehalten nicht nur von Kapitel zu Kapitel, sondern von Absatz zu Absatz, Satz zu Satz – Innehalten, Aufschauen, Nachsinnen, Weitergehen. Jenes Buch war etwas zum Lesen – kein »Leseerlebnis«, sondern das umfassende Erlebnis Lesen.

Dabei, hm, habe ich den Titel des Buches vergessen. Ich könnte nun aufstehen und nachschauen gehen. Aber meine Vorstellung – zuerst Vorstellung, dann Plan – ist es, davon allein aus der Erinnerung zu erzählen. Was weiß ich derart noch, was habe ich behalten, und, vor allem, was von dem Buch kommt mir beim Zurückdenken frisch in den Sinn? Georg Pichler ist der Verfasser, der Enkel von Jugoslawien- oder Balkandeutschen, die mit dem Ende des 2. Weltkriegs vor den siegreichen Tito-Partisanen aus ihrer jahrhundertealten Heimat am Fluß Save, im Grenzland zwischen Kroatien und Bosnien, nach Norden, in ihrem Fall nach Österreich, geflüchtet sind. In meiner Erinnerung ist es die Geschichte dieser Großeltern, vor allem des Großvaters, von dem das Buch – seine Frau längst tot, die Kinder fern – so etwas wie den Sterbetag erzählt, der zugleich, außen wie innen, ein letzter Wandertag des alten Mannes in der Obersteiermark, seiner zweiten Heimat – Heimat? –, ist, kreuz und quer im Niemandsland oben auf einer stillgelegten Zeche, wo der Vertriebene, einst auf dem Balkan ein Eisenbahner, Lokführer, als Kohlenbergmann nach dem Krieg seinen zweiten Beruf – Beruf? – ausgeübt hat. Aber jetzt an seinem Sterbewandertag gibt die vorzeiten so hoffnungsvolle und selbstbewußte Zeche von Fohnsdorf bei Judenburg – das wirtschaftliche Zentrum der gesamten Region – schon lange keine Arbeit mehr her, für niemanden mehr.

Was ich von den Rückbesinnungen (nicht -blenden) des einsamen alten Flüchtlings behalten habe: die Momente der Nachbarschaftlichkeit zwischen den verschiedenen Völkern am Ufer des breiten Flusses Save – wohl daher der Familienname Flusser? –, wirksam, wenn auch schwächer und schwächer, selbst im Krieg unter der Nazi-Besatzung, Nachbarschaftlichkeit sogar zwischen den serbokroatisch Sprechenden und den Deutschsprechenden, die, trotz der langen Dauer im anderen Sprachbereich, ihr angestammtes Idiom erhalten und gepflegt hatten – eine Nachbarschaftlichkeit, die sich nach der Ansiedlung im doch deutschsprachigen Österreich über all die Nachkriegsjahre nicht einmal in Ansätzen zeigte: keinerlei Ansässigkeits- oder gar Beheimatetsein-Gefühl; bis an sein Lebensende wurde der vom Eisenbahner zum Bergmann Gewordene, mit seiner Frau, aufgrund seines für die obersteirischen Ansässigen gar fremden Deutsch als Unzugehöriger behandelt, oder verhöhnt, oder schlicht übersehen (dabei wäre doch gerade in einer Bergwerksgegend, Schema: Solidarität, gar Verschworenheit der Untertagarbeiter, zu erwarten gewesen, ein Wegfallen all der sonstigen kleinlichen Regional- und Sprachfärbungsgrenzen?). Was ich vom früheren Leben des Vertriebenen noch behalten habe: seine abenteuerliche Fahrt in der sozusagen eigenen Lokomotive bei Kriegsende, nordwärts auf der zum Teil zerstörten, zum Teil gesperrten, immer wieder bombardierten Schienenstrecke in einer Art Hasen-Zickzack über Grenzen und Demarkationslinien, würdig der stoischen Geistesgegenwart eines Buster Keaton in dessen Film »Der General« (Name von Busters Lok) – nur daß der Lokführer in Georg Pichlers Ahnengeschichte so keine Heldentat zugunsten anderer, seiner Leute, seiner Partei, seiner Volksgruppe, begeht, vielmehr gerade nur den eigenen Kopf rettet, und daß, was von solcher Flucht erzählt wird, nirgends eine Filmrasanz bekommt, geschweige denn eine Komik: die Lokirrfahrt erscheint als stilles, fast schwerfälliges Nachziehen einer panischen Episode aus einer unfaßbaren Vergangenheit, begleitet im Zurückdenken am Sterbetag höchstens von einem leisen Staunen; und schon gar nicht zum Staunen – so habe ich es jedenfalls behalten –, daß die Lok bei ihrem Stillstand zuletzt – war das irgendwo auf einem Hinternebengütergleis der steirischen Hauptstadt Graz? – dem Mann, samt Familie, eine Zeitlang als Unterkunft, als Flüchtlingswohnstätte gedient hat. Behalten habe ich auch, aber vielleicht täusche ich mich da, ein all die Jahrzehnte im fremden Österreich den zum Kohlenbergmann Umgeschulten zeitweise sacht anstupsendes Heimweh, weniger nach dem Lokführerberuf als nach seinem Stammland im Süden, an der breiten Save, mitten auf dem sogenannten Balkan – oder, wenn kein Heimweh, so doch ein stetes hauchfeines Rückbesinnen, verbunden mit Neugier, wie es inzwischen dort zugehe. (Solcherart Rückbesinnen bestimmt auch die Abfolge der Erzählsätze?) Andere Heimatlichkeit, flüchtige, zeitweise unten tief in den Braunkohleschächten? Vielleicht – wenn auch die Stammarbeiter den Neuankömmling an dessen erstem Werktag mit gewaltiger Roheit und Grausamkeit behandelten, etwa indem sie, nach meiner Erinnerung, den Ahnungslosen mit einem überschnellen, einem Blitz-Lift aus Hunderten Metern Tiefe zurück an die Erdoberfläche schießen ließen, wobei er zu sterben glaubte. Heimatlichkeit, eine gewisse, jedenfalls als Sportwart des zwischendurch sogar in der ersten österreichischen Liga spielenden Werksportvereins – in einem legendären, im Buch liebevoll mitgehend (nicht -reißend) geschilderten Match um Sieg und Klassenerhalt betrogen –, doch sogar da, im Ordnen der Schuhe, Trikots, der Bälle, das Beiseitegeschobenwerden durch das so gar nicht einheimische Deutsch ...

Was mir vom letzten Tag der Flusser-Lebenswanderung im Leser-Gedächtnis geblieben ist (wenn ich mich täusche, soll es mir genauso recht sein): der Rundgang des alten Menschen um und durch das einstige Werksgelände, das zu einer Art unfruchtbarer und vor allem nutzloser Steppe geworden ist – Rundgang, der ein Irrgang ist, aber ein freiwilliger, bedächtiger, Bilder erzeugender, ein Krebsgang, rückwärts, der aber nicht nur rückwärts führt – die Vergangenheit mehr als bloße Vergangenheit. Und im nachhinein ist mir, als ob er auf diesem Gang keiner Menschenseele begegnet, insbesondere mit niemandem ins Gespräch kommt als mit sich selber und seinen Toten und/oder Entfernten. Die Oberfläche des ehemaligen Bergwerks, samt Ruinen, verrostetem Metall der Fördertürme usw. ist zu einem ganz anderen Labyrinth geworden, als es vorher die unterirdischen Stollen und Schächte waren. Selbst der Fluß – die Mur –, die Auen, die Wiesen, überhaupt die ganze savannenhafte Natur erscheint unter einem künstlichen Himmel als etwas Fragmentarisches, Unzusammengehöriges. Der Fußballplatz, wenn man ihn überhaupt noch so nennen kann, ist der typisch verschlammte, verwachsene, bucklige der untersten Spielklasse; die Wirtshäuser (oder das einzige) haben etwas Barackenhaftes, die paar Gäste etwas Geisterhaftes. Die Einheimischen sind sich und einander noch fremder geworden, und nicht bloß durch die Arbeitslosigkeit, als der alte Dazugeschneite da auf seiner Sterberunde: alle haben sie verloren. Alles. Alle sind sie, obwohl zu Hause, heimatlos. Aber er umspinnt das Verlorene wenigstens mit der Erinnerung, während die Einheimischen gar nichts mehr haben, auch nicht die Kriegserzählungen, mit denen sie einst das Terrain behaupteten und die Grenzen markierten. Im Vergleich zu ihnen – und auch ohne Vergleich – ist Flusser, der Staatenlose, ein Held. Ein Held warum? Ein Held, weil er etwas zu erzählen hat. Er ist »der Held der Erzählung«, und das genügt für das Buch als Heldentum.

Nachgehen, über die Jahre, tut mir das Buch Georg Pichlers freilich vor allem durch die Art, wie darin von dem letzten Gang des Ahnherrn erzählt wird. Die Folge der Sätze und Absätze ist mir als eine wuchtige im Gedächtnis, stellenweise auch als schleppende, schwerfällige, von Erzählschritt zu Erzählschritt sich verlangsamende, triftig auch holpernde, stolpernde, für Momente fast »hinfällige«. Ohne besonderes Nachahmen wird so die tapsende, immer wieder zum Atemholen innehaltende, vom Aus-sich-Herausgehen ins In-sich-Hineingehen usw. wechselnde Schrittweise des siechen Helden spürbar. Der den Großvater erzählende Enkel – so sehe ich ihn jedenfalls – liest jenem (ja, es ist ein Schreiben, das, wenn nur je eines, aus einem Lesen entspringt) lange nach dessen Ableben etwas wie eine stille Messe; ein tonloses Toten-Requiem. Ans Düster-Licht gekommen ist dabei ein Buch, das zunächst mehr aus Körper zu bestehen scheint denn aus Text, und das zuletzt, gerade durch das Nachbilden des müden, schweren, dabei hellwachen Alten-Körpers reiner Text, pure Textur eines (des) Lebens wird so unendlich fern von jener Flapsigkeit – »Postmoderne« genannt? – in gar vielen Heute-Büchern, die, indem sie den Raum verflapsen und das Dasein zur Conférence erniedrigen, Un-Bücher heißen müssen.

Mit dem Requiem von der mißglückten Heimat schien mir die Geschichte von Georg Pichler jedoch noch nicht zu Ende erzählt. Und auch jetzt fehlt mir – nicht etwa eine Fortsetzung, vielmehr etwas wie ein Zurückgehen, ein weitausholendes, vielgliedriges, vielstimmiges, heraus aus dem Sterbe-Labyrinth und hinaus in ein Land, ein ganz anderes. Und es muß dabei nicht unbedingt, nach der düsteren Totenmesse, um eine Auferstehung gehen. Oder doch?

Fürs erste bleibt: dieses Buch da, mir unvergessen, möge auch noch dem und jenem unvergeßlich werden.

Louis Begley
- Lügen in Zeiten des Krieges. Roman. Übersetzt von Christa Krüger. st 2546. 223 Seiten
- Schmidt. Roman. Übersetzt von Christa Krüger. st 3000. 320 Seiten
- Schmidts Bewährung. Roman. Übersetzt von Christa Krüger. st 3436. 314 Seiten

Walter Benjamin. Illuminationen. Ausgewählte Schriften. Herausgegeben von Siegfried Unseld. st 345. 417 Seiten

Thomas Bernhard
- Alte Meister. Komödie. st 1553. 311 Seiten
- Heldenplatz. st 2474. 164 Seiten
- Holzfällen. st 3188. 336 Seiten
- Wittgensteins Neffe. st 1465. 164 Seiten

Peter Bichsel
- Eigentlich möchte Frau Blum den Milchmann kennenlernen. 21 Geschichten. st 2567. 73 Seiten
- Kindergeschichten. st 2642. 84 Seiten
- Zur Stadt Paris. Geschichten. st 2734. 120 Seiten

Volker Braun. Hinze-Kunze-Roman. st 3194. 240 Seiten

Bertolt Brecht
- Dreigroschenroman. st 1846. 392 Seiten
- Geschichten vom Herrn Keuner. st 16. 108 Seiten
- Hundert Gedichte. Ausgewählt von Siegfried Unseld. st 2800. 188 Seiten

Lily Brett
- Einfach so. Roman. Übersetzt von Anne Lösch. st 3033. 446 Seiten
- Zu sehen. Übersetzt von Anne Lösch. st 3148. 332 Seiten

NF 265/2/1.03

Antonia S. Byatt. Besessen. Roman. Übersetzt von Melanie Walz. st 2376. 632 Seiten

Truman Capote. Die Grasharfe. Roman. Übersetzt von Annemarie Seidel und Friedrich Podszus. st 3135. 208 Seiten

Paul Celan. Gesammelte Werke 1-3. Gedichte, Prosa, Reden. Drei Bände. st 3202-3204. 998 Seiten

Clarín. Die Präsidentin. Roman. Übersetzt von Egon Hartmann. Mit einem Nachwort von F. R. Fries. st 1390. 864 Seiten

Sigrid Damm. Ich bin nicht Ottilie. Roman. st 2999. 392 Seiten

Marguerite Duras. Der Liebhaber. Übersetzt von Ilma Rakusa. st 1629. 194 Seiten

Karin Duve. Keine Ahnung. Erzählungen. st 3035. 167 Seiten

Tristan Egolf. Monument für John Kaltenbrunner. Roman. Übersetzt von Frank Heibert. st 3382. 528 Seiten

Hans Magnus Enzensberger
- Ach Europa! Wahrnehmungen aus sieben Ländern. Mit einem Epilog aus dem Jahre 2006. st 1690. 501 Seiten
- Gedichte. Verteidigung der Wölfe. Landessprache. Blindenschrift. Die Furie des Verschwindes. Zukunftsmusik. Kiosk. Sechs Bände in Kassette. st 3067. 633 Seiten

Hans Magnus Enzensberger (Hg.). Museum der modernen Poesie. st 3446. 850 Seiten

Laura Esquivel. Bittersüße Schokolade. Mexikanischer Roman um Liebe, Kochrezepte und bewährte Hausmittel. Übersetzt von Petra Strien. st 2391. 278 Seiten

NF 265/3/1.03

Max Frisch

- Andorra. Stück in zwölf Bildern. st 277. 127 Seiten
- Biedermann und die Brandstifter. Ein Lehrstück ohne Lehre. st 2545. 95 Seiten
- Homo faber. Ein Bericht. st 354. 203 Seiten
- Mein Name sei Gantenbein. Roman. st 286. 288 Seiten
- Montauk. Eine Erzählung. st 700. 207 Seiten
- Stiller. Roman. st 105. 438 Seiten

Norbert Gstrein. Die englischen Jahre. Roman. st 3274. 392 Seiten.

Fattaneh Haj Seyed Javadi. Der Morgen der Trunkenheit. Roman. Übersetzt von Susanne Baghstani. st 3399. 416 Seiten

Peter Handke

- Die drei Versuche. Versuch über die Müdigkeit. Versuch über die Jukebox. Versuch über den geglückten Tag. st 3288. 304 Seiten
- Kindergeschichte. st 3435. 110 Seiten
- Der kurze Brief zum langen Abschied. st 172. 195 Seiten
- Die linkshändige Frau. Erzählung. st 3434. 130 Seiten
- Mein Jahr in der Niemandsbucht. Ein Märchen aus den neuen Zeiten. st 3084. 632 Seiten
- Wunschloses Unglück. Erzählung. st 146. 105 Seiten

Christoph Hein

- Der fremde Freund. Drachenblut. Novelle. st 3476. 176 Seiten
- Horns Ende. Roman. st 3479. 320 Seiten
- Willenbrock. Roman. st 3296. 320 Seiten

Marie Hermanson. Muschelstrand. Roman. Übersetzt von Regine Elsässer. st 3390. 304 Seiten

NF 265/4/1.03

Hermann Hesse

- Demian. Die Geschichte von Emil Sinclairs Jugend. st 206. 200 Seiten
- Das Glasperlenspiel. Versuch einer Lebensbeschreibung des Magister Ludi Josef Knecht samt Knechts hinterlassenen Schriften. st 2572. 616 Seiten
- Siddhartha. Eine indische Dichtung. st 182. 136 Seiten
- Unterm Rad. Erzählung. st 52. 166 Seiten

Ödön von Horváth

- Geschichten aus dem Wiener Wald. st 2370. 246 Seiten
- Glaube, Liebe, Hoffnung. st 2372. 158 Seiten
- Jugend ohne Gott. st 3345. 182 Seiten

Bohumil Hrabal. Ich habe den englischen König bedient. Roman. Übersetzt von Karl-Heinz Jähn. st 1754. 301 Seiten

Uwe Johnson

- Jahrestage. Aus dem Leben der Gesine Cresspahl. Einbändige Ausgabe. st 3220. 1728 Seiten
- Mutmassungen über Jakob. st 3128. 308 Seiten

James Joyce

- Dubliner. Übersetzt von Dieter E. Zimmer. st 2454. 228 Seiten
- Ulysses. Roman. Übersetzt von Hans Wollschläger. st 2551. 988 Seiten

Franz Kafka

- Amerika. Roman. st 2654. 311 Seiten
- Der Prozeß. Roman. st 2837. 282 Seiten
- Das Schloß. Roman. st 2565. 424 Seiten

André Kaminski. Nächstes Jahr in Jerusalem. Roman. st 1519. 392 Seiten

NF 265/5/1.03

Bodo Kirchhoff. Infanta. Roman. st 1872. 502 Seiten

Wolfgang Koeppen
- Tauben im Gras. Roman. st 601. 210 Seiten
- Der Tod in Rom. Roman. st 241. 187 Seiten
- Das Treibhaus. Roman. st 78. 190 Seiten

Else Lasker-Schüler. Gedichte 1902-1943. st 2790. 439 Seiten

Gert Ledig. Vergeltung. Roman. Mit einem Nachwort von Volker Hage. st 3241. 224 Seiten

Stanisław Lem
- Der futurologische Kongreß. Übersetzt von I. Zimmermann-Göllheim. st 534. 139 Seiten
- Sterntagebücher. Mit Zeichnungen des Autors. Übersetzt von Caesar Rymarowicz. st 459. 478 Seiten

Hermann Lenz. Vergangene Gegenwart. Die Eugen-Rapp-Romane. Neun Bände in Kassette. 3000 Seiten

H. P. Lovecraft. Cthulhu. Geistergeschichten. Übersetzt von H. C. Artmann. Vorwort von Giorgio Manganelli. st 29. 239 Seiten

Amin Maalouf
- Leo Africanus. Der Sklave des Papstes. Roman. Übersetzt von Bettina Klingler und Nicola Volland. st 3121. 480 Seiten
- Samarkand. Roman. Übersetzt von Widulind Clerc-Erle. st 3190. 384 Seiten

Andreas Maier. Wäldchestag. Roman. st 3381. 315 Seiten

Angeles Mastretta. Emilia. Roman. Übersetzt von Petra Strien. st 3062. 413 Seiten

NF 265/6/1.03

Robert Menasse
- Schubumkehr. Roman. st 2694. 180 Seiten
- Selige Zeiten, brüchige Welt. Roman. st 2312. 374 Seiten
- Sinnliche Gewißheit. Roman. st 2688. 329 Seiten

Eduardo Mendoza. Die Stadt der Wunder. Roman. Übersetzt von Peter Schwaar. st 2142. 503 Seiten

Alice Miller
- Am Anfang war Erziehung. st 951. 322 Seiten
- Das Drama des begabten Kindes und die Suche nach dem wahren Selbst. st 950. 175 Seiten

Magnus Mills. Die Herren der Zäune. Roman. Übersetzt von Katharina Böhmer. st 3383. 216 Seiten

Haruki Murakami. Wilde Schafsjagd. Roman. Übersetzt von Anneliese Ortmanns-Suruki und Jürgen Stalph. st 2738. 306 Seiten

Adolf Muschg
- Der Rote Ritter. Eine Geschichte von Parzivâl. st 2581. 1089 Seiten
- Sutters Glück. Roman. st 3442. 336 Seiten

Cees Nooteboom
- Allerseelen. Übersetzt von Helga van Beuningen. st 3163. 440 Seiten
- Die folgende Geschichte. Übersetzt von Helga van Beuningen. st 2500. 148 Seiten
- Rituale. Roman. Übersetzt von Hans Herrfurth. st 2446. 231 Seiten

Kenzaburô Ôe. Eine persönliche Erfahrung. Roman. Übersetzt von Siegfried Schaarschmidt. st 1842. 240 Seiten

NF 265/7/1.03

Sylvia Plath. Die Glasglocke. Übersetzt von Reinhard Kaiser. st 2854. 262 Seiten

Ulrich Plenzdorf. Die neuen Leiden des jungen W. st 300. 140 Seiten

Marcel Proust. Auf der Suche nach der verlorenen Zeit. Übersetzt von Eva Rechel-Mertens. Drei Bände in Kassette. st 3209. 4195 Seiten

João Ubaldo Ribeiro. Brasilien, Brasilien. Roman. Übersetzt von Curt Meyer-Clason und Jacob Deutsch. st 3098. 731 Seiten

Patrick Roth. Meine Reise zu Chaplin. Ein Encore. st 3439. 98 Seiten

Ralf Rothmann
- Flieh, mein Freund! Roman. st 3112. 278 Seiten
- Milch und Kohle. Roman. st 3309. 224 Seiten

Jorge Semprun. Was für ein schöner Sonntag! Übersetzt von Johannes Piron. st 3032. 394 Seiten

Arnold Stadler. Mein Hund, meine Sau, mein Leben. Roman. Mit einem Nachwort von Martin Walser. st 2575. 164 Seiten

Andrzej Stasiuk. Die Welt hinter Dukla. Roman. Übersetzt von Olaf Kühl. st 3391. 175 Seiten

Jürgen Teipel. Verschwende Deine Jugend. Ein Doku-Roman. Über den deutschen Punk und New Wave. Vorwort von Jan Müller. Mit zahlreichen Abbildungen. st 3271. 336 Seiten

NF 265/8/1.03

Hans-Ulrich Treichel
- Tristanakkord. Roman. st 3303. 238 Seiten
- Der Verlorene. Erzählung. st 3061. 175 Seiten

Galsan Tschinag
- Der blaue Himmel. Roman. st 2720. 178 Seiten
- Die graue Erde. Roman. st 3196. 288 Seiten
- Der weiße Berg. Roman. st 3378. 290 Seiten

Mario Vargas Llosa
- Das Fest des Ziegenbocks. Roman. Übersetzt von Elke Wehr. st 3427. 540 Seiten
- Das grüne Haus. Roman. Übersetzt von Wolfgang A. Luchting. st 342. 429 Seiten
- Der Krieg am Ende der Welt. Roman. Übersetzt von Anneliese Botond. st 1343. 725 Seiten
- Tante Julia un der Kunstschreiber. Roman. Übersetzt von Heidrun Adler. st 1529. 392 Seiten
- Tod in den Anden. Roman. Übersetzt von Elke Wehr. st 2774. 384 Seiten

Martin Walser
- Brandung. Roman. st 1374. 319 Seiten
- Ehen in Philippsburg. 1209. st 1209. 343 Seiten
- Ein fliehendes Pferd. Novelle. st 600. 151 Seiten
- Halbzeit. Roman. st 2657. 778 Seiten
- Ein springender Brunnen. Roman. st 3100. 416 Seiten
- Seelenarbeit. Roman. st 3361. 300 Seiten

Robert Walser
- Der Gehülfe. Roman. st 1110. 316 Seiten
- Geschwister Tanner. Roman. st 1109. 381 Seiten
- Jakob von Gunten. Ein Tagebuch. st 1111. 184 Seiten

NF 265/9/1.03